在吗

韩国辉 著

中国友谊出版公司

假的证明不了，真的也无须证明。

/ 推荐序 /
我在

我不推书，我推人。

你如果认他的人，他讲的故事你自然爱听。

短文一篇，助君认识一个有故事的中年男人。若能在认识他的基础上认可他，继而从认可人到认可他所讲述的故事的话，不胜感谢，于斯百拜。

从何讲起呢？摁着一个"酒"字开题吧。嗯，这是一个巨能喝的东北男人，喝高了会大笑大叫、天性解放的那种。稍后开卷，你也会发现他整本书的每一篇都和酒有关，我是说，颇见性情的那种。

金波狂药般若汤，酒酣胸胆尚开张，我严重怀疑起码三分之一的篇章是酒后写就的，包括那个弹幕的主意……咋想的这是，指定是喝了。

甚至，我能想象出来这样的场景：杯盘狼藉尚未终席，他撂下杯子点亮手机，喊一声："呔！各位领导各位朋友，你们喝你们的，我这会儿脑子里蹦出段故事需要整理，谁都别搭理我，我写一段东西去。"

这事儿他干得出来，类似的这种事儿他也没少干。相识的若干年里，我一度疑惑这样随心随性的人是怎么在职场上生存下去的。

说到随性，有段亲身经历。五年前我和国辉兄喝过一场心有余悸的大酒，就我们俩人，从头天酉时，到次日卯后。

北京的秋夜凛冽如刀，忘了换了多少场了，忽而走在街风中，忽而热气腾腾。开局是在东直门簋街，烟火黄昏赤酱浓油，冰镇雪花一瓶接一瓶；散场是个小酒馆，被生撵出来的，在南城。天光大亮天光凄清，他抱着路旁电线杆子冲我挥手告别，我歪在出租车上看着他，腌在忧伤里，全身零件与灵魂一并打哆嗦，胃也抽抽、头也嗡嗡。

车过国贸桥时才发现手里还攥着个玻璃酒杯，烟头漂在残酒中，野格泡兰州，临走忘了搁下的，不要个脸，就那么自自然然给顺走了……从后来的消费账单记录看，应该也不算偷。

总之，那天我果断喝伤了，从此再没有过大酒。所谓伤，忧伤的伤，半因金波半因愁，愁的不是我，愁的是他纵有锦绣青云志天下无人再识君，愁个前路茫茫少亲故，茶也凉，人也走。

2016年12月12日，国辉兄卸去旅游卫视董事长一职的当天，陪着他喝完那个漫漫长夜的，是我一个人。这是我的荣幸，也是我的不幸。我心重，爱自找难受，他越是坦然怡然我越难受，他越是无所谓和无所畏惧我越是替他难受。话说，明明他丝毫消极情绪也未表露，只是话稠，比寻常日稠；和寻常日一样，他讲了许多个故事下酒，关于喜乐悲欢永别重逢，以及他自己驿马颠沛的前半生。

这是和素日里不同的地方，难得听他把自己的故事讲得那么完整。国辉兄是个极好的故事讲述者，这一点相熟的朋友们都知道，但应该没有几个朋友能像那天的我那样听得那么完整。我是说，从成年到中年，从北京海南到大庆。

作为一个极好的倾听者，这样的人生总结我爱听，虽然越听越难受，在这样的节点这样的时刻，每一段故事听完都像目睹一次告别，昨日种种瞬息折旧。一个扔下了光环作别了战绩即将从零开始的中年人掐着满瓶的啤酒，讲一个故事干掉一瓶。说是清理内存也好，说是轻装上阵也罢，他讲完过去讲未来，讲得高高兴兴，心已远，身将动。

中年男人最怕失业。不惑于路径依赖，不畏惧从零开始，敢主动切换赛道不被安逸绑架的总是少数。

这一点，现在说起来，我表示很钦佩，不是钦佩做出这个决定时他的随性——那是他的基础标配，钦佩的是背后的底气和能力，以及做出选择的勇气。

话说，当时并不钦佩，当时除了惋惜还有担心，乃至无法理解他为何越喝越高兴，像个决定注销《魔兽世界》的游戏咖，攒了十几年的装备都不要了,即将开启新的游戏战场,去玩《英雄联盟》。

我们能给予朋友的只有陪伴,陪伴不是当木头,总要做点什么才行,可惜我不擅长"开黑"(交流),只会"落地成盒送人头"。于是那天天亮前,思量再三,我尝试着问了问他:"既然你游戏经验那么丰富,要不要多个战场多条选项,比如《和平精英》里抢空投……"

以上是比喻。

换成人话,原话就是:你有那么多故事,又那么会讲故事,干吗不写本故事书呢?

话是实话,也是事实,但言外之意是,作为朋友,我很操心你从零开始太艰难,断舍离得太干净,接下来的温饱体面受人尊敬无法保障,唉,实在不行,咱就卖文为生……

我很确定这弦外之音他没听懂。

他当时的反应是拍桌子,肉串齐蹦,咣当震倒啤酒瓶,嘴里欣喜喊道:"对啊,这事有意思!讲故事我擅长啊,行!"

这一"行"就是五年没有动静。

没有动静就是过得好、用不着,就是最好的动静。确是用不着卖文为生,五年来国辉兄在新的赛道攻城拔寨,今比昔胜。每次相聚,他的状态和酒量都和之前一样好,忙碌而充实,热烈而性情,一个兴致勃勃爱撒酒疯的中年人。

总之,过得很好,比以前还好,高兴。

我当年的担忧和操心以及弦外之音，现在看都是多余，貌似他也没发现我的瞎操心，这一点让人很庆幸。

所以说交朋友交个心大的是件好事，人家当年找你大酒本意是总结庆贺蓄势前行，你非娘娘们们地理解成了落地成盒借酒浇愁，还建议人家卖文为生……

那个，国辉兄，见笑了哈，这些当年的内心戏今天写给你看，非秀忠，为友之道不秀忠，只为切合一下你新书书名。

在吗？

我在。

当时在，现在也在，将来也在，好好坏坏时都在，起起伏伏时都在。

反正在就是了，别的都是扯淡。

五年后的冬月，收到了你的故事书稿。我很诧异，真写了啊，那么忙，啥时候写的啊？

你的回答是一直在写啊，抽空就写，想写就写，写了好几年。

通读后我特别高兴，原因有三，话与你知：

1. 就是在随心随性讲故事，非为稻粱谋。

2. 故事的讲述方式和日常喝酒聊天状态无二，很痛快也很自由，看来这些年过得很好，很自由。

3. 书中很多故事，很荣幸我都听过，现在印在了书里，当时是用来下酒。

忽然想起来，咱们这些年每次相聚必有酒，只有一次没有，就是两年前你陪着父母亲去大理散心那回。当时匆忙之中我没租到车，借了一辆拉货的昌河去机场接的你们，车门还关不严，招待不周，颠着老头儿老太太了，十分抱歉。

当时吃菌子火锅你非要抢单，是不是觉得我过得不好？借口父母在你要照顾好，不方便喝酒，不让我把带去的五粮液开瓶，是不是觉得我书卖不动了落魄了过得一般？

我和你说如果你这么想那就大错特错了，我过得很好你别瞎操心，我去年还买了一辆 GL8，上次那面包车是借的。好了不说了，就很烦人你知道吗，随性一点随性一点，总之，咱们都过得很好就是了。

也不知道这篇短文能起到什么作用。

我就不啰唆了，就把这个书名当作一个祝福，送给每一个翻开这本书的读者吧——

谢谢你读这本书，愿你永远拥有可以和他说出这两个字的朋友：在吗？

愿你永远可以得到回答：我在。

在吗？我在。

在你身后，在你身边。

可能有用，可能没用。

反正在就是了，别的都是扯淡。

大冰

/ 自序 /
你敢说天长，我就敢"递酒"

作为纯正的东北人，不管聊什么，我都会条件反射地整个段子、搞个笑话，听的人嘎嘎一顿笑。这种本事，东北人都懂，不是东北人的也都懂。

但喜欢听我讲故事的朋友并非单单冲着笑料而来。以前我在旅游媒体工作，出差就是旅游，走遍五湖四海，酒喝得多了，朋友就多，故事就多。三五好友总会约着一起听我讲一路上的故事，推杯换盏间，初遇、艳遇、遭遇、机遇、际遇、不期而遇、百年不遇……听我讲得多了，大家才恍然明白：故事幽默了，就是笑话；笑话动人了，也就是故事。

五年前，一个深夜，我和大冰通宵喝酒，他问我："大哥，你去过这么多地方，认识这么多有趣的人，怎么不把故事写本书？"我蒙了一下。彼时，我的第一本书刚出版，销量还不错，成了年度畅销书。那是一本关于旅行的书,是强观点输出类的,从书名叫《别生气,我又不是在说你》就能看出来。

从那时起,我决定出一本故事书,把我这些年在旅行中遇到的、听到的,甚至亲身经历过的故事写出来,这一写就写了五年。困扰我的不是技巧,而是故事本身。写这些故事的时候,我常常会闭上眼睛,很多人物的原型仍然历历在目。如果现在如书名一般问一句"在吗?",他们中,有的还经常晃荡在我眼前,有的已经走远,有的已经被拉黑,有的已经永远地离开了这个世界。

但别误会,这依旧是一本虚构类的故事书,这些故事的人物我都进行了故事化的处理,已经没有单一的故事原型了。故事都是真的,人物都是假的,这也算是某种"物是人非"吧。尽管这样,我仍希望所有的读者还是能轻易地从一些故事里看到自己,或者身边的朋友、亲人、恋人等,对于这些人,你也依旧会忍不住喜欢、亲近、同情、厌恶、鄙夷或憎恨……阅读故事的时候,每个人都是天真的,把故事当真没关系,但是我得说明:

本故事纯属虚构,欢迎对号入座。但假的证明不了,真的也不用证明。

现在,我想把这些故事分享给你们。这十二个人生故事,也是一个个身边人的人生事故。如果明天就是世界末日,一个妻子发现睡在枕边的丈夫不是她想与之共死的人，她会怎么办？一个酒量好到从来喝不醉的女孩会被一场什么酒灌醉，从而做出什么疯狂的事情？一个身患癌症的准妈妈会选择打掉孩子以自保，还是给孩子生命而自己直面死亡？一个像地鼠的男人和一个像候鸟的女人相爱，他们的结局是地洞，还是天空？如果一个男人说他经历了一场长达八年的宿醉，你信吗？一个叫"天堂"的夜总会里，一个"公主"会遇上王子还是王总？

写这本书的五年里，我辞掉了大家眼里的金饭碗，生活和工作起起伏伏，发生了很大改变。由此回看从前的许多人和事，有了很多新的感触，便越来越爱回味故事，觉得风景不应该挡住人。"人生是一场旅行"这句话很俗，但也很真。人生这场旅行就像一本书，我们遇到的所有人和事，都是书里的伏笔。

这本书，翻得不经意会错过，读得太认真会流泪。

每当夜深人静伏案时，那一个个人物便从我脑海中跳出来，我们共同回忆着曾经的那段人生旅程：曾在凌晨自斟自饮，独自流泪；曾给朋友打电话时失声痛哭，哽咽着讲某个故事；曾几次想拨通电话本里那许久未联系的电话号码，问问"你还好吗？"……这一写就花了整整五年时间，写写停停，几度想放弃。幸好有水同学帮我整理文字，有个好编辑梦婷不离不弃，有好朋友娜娜、敏子等不断鼓励，我终于写完了这十二个故事。

刻意而为之,这本书讲的都是爱过的故事,一个个人物都是爱过的我们。很多故事都是开放式结尾,没有结论,不预设对错,因为我们的这场叫人生的旅行,原本向左走、向右走都是对的,都能达到终点。

　　最后,来吧,朋友们,端起你们手中的酒,我们一起,干了我几杯故事,也说说你的故事。

　　你敢说天长,我就敢"递酒"。

韩国辉

2021 年 11 月 6 日 北京

弹幕使用指南

我想做一本不一样的故事书。想到自己在酒桌上讲故事时，朋友们东一嘴西一嘴地加入后，常常让故事变得更加丰满，再加上如今大家在网上看剧、看电影都开始有了看弹幕的习惯，于是，弹幕书就应运而生了。这是我知道的其他故事书所没有做过的。

所以——

◇ 1

这是一本有弹幕的故事书。每一页中，黑色以外其他颜色的内容就是故事的弹幕。在这些弹幕里，有的是吐槽，有的是感慨，有的是共鸣，有的是反对……

◇ 2

我邀请了许多人写弹幕，他们中有艺人，有作家，也有普通的读者……但由于各种原因，我们无法将他们的名字和弹幕一一对应。这和我们在网上看剧、看电影的时候是一样的,你不知道弹幕是谁写的,但你依旧会被这条弹幕逗乐,或者被那条弹幕弄哭。

◇ 3

不必在意弹幕的颜色,不同的弹幕都来自不同的弹幕人。箭头标记着弹幕所指的内容。如果箭头指向弹幕,那么这条弹幕就是上一条弹幕的回复。

◇ 4

这是一本可能需要你读两遍的故事书,第一遍可以忽略彩色的弹幕,只读故事;第二遍,再带着弹幕读。当然,如果你是一个已经熟悉了看弹幕的读者,第一遍就双管齐下,效果其实更好。

◇ 5

我们希望你可以有读第三遍的体验,这一遍,我们邀请你留下自己的弹幕,并且可以把这些故事和你的弹幕分享给身边的人。

这是一次新的尝试。弹幕是温暖的,它让我们在阅读的过程中能感受到其他读者的存在。记住,在读这些故事的时候,你不是单独一个人,我们和你在一起。

目 录

1　001
董小姐

2　017
狐狸的婚礼

3　037
不满的几个故事

4　057
"三打白骨精"

5　077
隔离时期的爱情

6　099
星巴克杯里的莫吉托

7　119
"你要上来坐坐吗"

8　135
"天堂"里的安吉尔

9　153
大海的一千个白眼

10　169
杰克和肉丝

11　185
得克萨斯没有好运

12　201
假如爱有天意

13　218
后记

董小姐

董玉洁坐在饭桌的对面，我们认识的十五年里，她如玉的妆容从来没有变过，你看得见她仿佛永恒的喜和乐，却瞧不出一丝半点的怒和哀。她的肚子里有一个刚满一个月的宝宝，紧挨着宝宝，还住着一个早期的癌症肿瘤。

> 能看出化妆已经是直男里的佼佼者了。

> 不是吧！会影响宝宝吗？告诉我，可以遏制住的，对吗？

"今天我就不喝酒了，为表歉意，我给你们俩带了两瓶好酒，往死里喝。"我们仨是多年的酒搭子了。当年鸟鸟被甩，心如死灰，我们不醉不归；当年董小姐相亲屡屡失败，恨嫁至极，我们不醉不归；当年我事业滑落低谷，志气消沉，我们还是不醉不归。两年前，董小姐嫁给了我和鸟鸟一致通过的如意郎君，我们找到这家饭馆，把酒言欢；一年前，还是在同样的位子上，董小姐告诉我们她得了癌症，我和鸟鸟边喝边哭边吐……

> 酒是滑梯。从高到低处的跌落，不至于摔太痛。

> 爆爆：按你们这规矩，我永远回不了家。

> 最怕物是人非，时间、地点、人物，一个量变，整体质变。

但今天和以往的酒局都不相同，坐在我旁边的鸟鸟目光如炬，嘴角向下一沉："董玉洁，你到底知不知道你在干什么？你想当妈妈想疯了吗？你要是现在决定留下这个孩子，就是要把这癌症一起养起来。过不了几年，你孩子是有了，命就没了呀！"

> 我也会劝她保命要紧，孩子可以再生。
> 只能选一个！我的天，只能选一个！上帝是要逼她掷骰子吗？

董小姐往鸟鸟的碗里夹了一口菜，笑容僵硬地说："你当初要放下北京所有的一切去大理找你男朋友，作为朋友，我说过什么吗？"面对董玉洁翻出的这笔旧账，鸟鸟更是火不打一处来："大姐，我那跟你这有可比性吗？我又不可能死在大理！"董玉洁把脸往下一沉，但还是带着笑意，说："你们俩就别再让我烦了。我刚降伏了我妈，搞定了我婆婆，说服了我老公，这过五关斩六将的，已经很累了。今天答应你们出来吃顿饭，就是想图个清净，聊点开心的事儿。"鸟鸟、董小姐和我认识十年了。董小姐虽这么说着，但心里也明白这顿"鸿门宴"的意义。我和鸟鸟没打算让她清净。

> 任何关系里的付出，和谐的时候就是感动，对峙的时候就是筹码。
> 结了婚后，表示很理解。
> 当生命开始孕育，整个世界都成了母亲的假想敌。

董小姐一向是理智的人，我在来的路上打了一个草稿，想着一条一条捋给她听，总能起点作用。我拿走了她手中的筷子，眼神示意鸟鸟坐过去搂着她，然后劝她说：

"第一，你现在还在癌症的早期，我问过你的医生了，你的恢复状态非常好。如果现在积极治疗，是完全可以控制住的。别说三五年，二三十年都没有问题。养胎需要的所有营养都会是癌症的催化剂，你的孩子养得越好，癌症恶化的速度就越快。

站在天平的两端，一端是孩子的生，另一端却是母亲的死。

"第二，即使现在把这个孩子打掉，也不会影响你的子宫和卵巢，你的身体条件完全允许你在病情控制住了之后再要孩子。理性杀死孩子，感性杀死母亲。

"第三，我们和你老公聊过了，他支持你好好治疗。你婆婆都出面把话说得很明白了，就算没有孩子，他们家也没有意见。你别来什么要延续香火的那一套啊，没人逼你。可是下一个孩子，就不是这个孩子了。

"第四,如果强撑着把孩子生下来,你的病情恶化的可能性很高,有可能孩子两三岁的时候,你就会死掉。

"第五,不要抱什么侥幸心理,你老公跟我说,他托人问了很多国外的机构和专家,一旦你的癌症恶化,没有灵丹妙药,你就只有死路一条。"

我把筷子还给她,给了她五秒的反应时间:"以上五点,每一条都明明白白,你还要生?"

"要生!"董小姐没有一秒的犹豫。

"为什么?"我和鸟鸟异口同声地大喊,旁边桌的客人都转了头过来。

因为对于母亲来说,这是世界上最简单的选择题:自己还是孩子?

她的理由很认真:"你们得过癌症吗?你们怀过孩子吗?你们当过父母吗?如果都没有,你们拿什么劝我去扼杀一条生命?他在我的肚子里,到底谁说了算?"

不同意!!!如果她的孩子降生,她的孩子是否真的愿意接受她这样的选择,并为此终生负责?

她用无数的问句，给了我们答案。从一开始，她就认定所有的劝说都是伪逻辑，打着"我们是为你好"的旗子，却完全不懂她在想什么。至于那顿饭后来我们都聊了什么，我已经完全不记得了，我只记得最后饭菜剩了很多，我们三个人都没有吃饱，不欢而散。离开的时候，鸟鸟撂下狠话："董玉洁，你要是死了，我不会去参加你的葬礼！"

董小姐扭头就走，连"再见"都没说。我开车送鸟鸟回家。鸟鸟坐在副驾驶上，一脸怨恨："如果可以选择，谁愿意选择自己是一个两三岁就没有妈妈的小孩？谁愿意害死自己的妈妈？谁愿意活在没有妈妈的人生里？你愿意吗？"

我没有说话，车子开在宽阔的街上，鸟鸟说着说着就哭了，她打开窗，话没有停："就算不为自己，就不能为我们好好活着吗？"

"喂喂喂，快到管制的路段了，你得把窗户关上。"我不接鸟鸟的茬儿，不是我无言以对，而是我看清了一个事实：不是我们在反对董小姐，而是董小姐在反对我们。

两个星期前，她把自己的打算告诉了她妈妈，老太太先是语重心长地劝了又劝，但一个星期过去，董小姐不但不为所动，甚至愈加坚定。终于，在上个星期五，老太太瞬间"嘭"的一声两膝跪地，对女儿苦苦哀求。董小姐在惊慌中像拔萝卜一样想把母亲从地上扶起来，老太太却像膝盖扎了根一样钉在原地。老太太的责问掷地有声："你拿什么爱他？你死了，你拿什么爱你的孩子？"

↳ "会有天使替我爱你"
这是假的！

那是董小姐第一次面对别人提出这个问题，她知道，十月怀胎，她将无数次暴露在这些追问之下。对于刚来到这个新世界的孩子而言，妈妈死了就是死了，没有什么谎言能够去平复孩子的痛楚。"我爱你""我舍不得你""我无可奈何"全都是自欺欺人的鬼话。她知道，她要是决定把孩子生下来，就是在杀死自己，杀死这个孩子的妈妈。

在跪着的母亲面前，她没有崩溃，知道扶不起母亲，她顺势软糯地瘫在母亲的旁边，像一个无辜的孩子，渴望母亲能够明白自己的用心。两个母亲跪倒在地上，年长的母亲想要保住自己孩子的命，年轻的母亲也想要保住自己孩子的命，但是生命的主动权在年轻的母亲手中，年迈的母亲败下阵来，她也不明白为什么她的孩子如此不可理喻，如此无可救药。

自"母亲之战"后，董小姐一天一场战役地熬，终于熬到她的母亲开始为她准备安胎的中药；熬到她的婆婆开始购置起婴儿的衣服；熬到她先生开始四处打听全世界治疗癌症的新科技；熬到身边的朋友要么直接断了联系，比如鸟鸟，要么再也绝口不提，比如我……还未忍受分娩之痛，这个母亲就已经耗尽了太多的力气。

孩子出生的那天，是董小姐终于迎来和平的日子，全家人都乐坏了。那是一个干干净净的男孩子，和董小姐一个模样。她给孩子取名留留，其中深意，不言自明。孩子健健康康地来到了这个世界，同时，

留住、留下、留念……

那个癌症肿瘤也茁壮成长着,成了她身体里的住客。也是打那以后,丈夫开始带着董小姐在世界各地求医,瑞士、德国、美国、加拿大……

> 我们好像忘了关心这个男人,他面对着世界上最难的选择题:妻子还是孩子?

除去病痛对董小姐的折磨,他们一家因为留留的出现而迎来了一段令人艳羡的美满时光。董小姐本来就是那种温柔贤良的妻子和母亲,丈夫格外宠爱她,与此同时,两方的家长都因为要照顾孙子而幸福地忙碌起来。留留仿佛是能感知母亲所经历的一切苦痛,因而格外可爱乖巧。我和鸟鸟也抓紧每次机会上门蹭饭,总是待到主人下逐客令才走。我们从没见那个孩子哭闹过,吃奶的时候总是一声不吭,眨巴着一双大眼睛。厨房的灶火和饭间的谈笑风生让整个屋子充满烟火气,大家都默契地不再提往事。

> 我倒觉得,像是一家人因为知道分别的时刻将至,而在全体加速享受剩余的所有美好。

> 这顿打脸,甘之如饴。

希望死神也把这里忘了吧。

董小姐抛下了所有的繁杂,除了看病,就是与孩子相伴。留留出生的第一年,董小姐每天都要跟他说很多话,嘴上一直不停,从自己的人生经历到对儿子的期待盼望,像是要把这一生想对他说的话都说完。一天,留留模模糊糊地喊出了"妈妈",董小姐高兴得在家上蹿下跳，差点把奶瓶碰倒在地。也是自那声"妈妈"以后，董小姐的话突然变少了，她常常和留留在静默中看着对方，一看就是几个小时。她仿佛发现了一个秘密，虽然孩子还不能表达，但他的每一个表情和眼神都透露着对妈妈的准确理解，好像他能读懂妈妈的每一次呼吸和注视。

> 一个沉重的伏笔被埋下。

慢慢地，留留渐渐学会了走路，开始咿咿呀呀地说起话来，一个字一个字地蹦。董小姐开始服用的止疼药剂量越来越大，她总说自己不要紧，时间才要紧，她要陪伴孩子，陪伴家人，陪伴这个世界，陪到不能陪为止。自留留出生后，董小姐几乎再也没喝过酒，我和鸟鸟理解，与其说她是为了自己的身体，不如说她是为了争取更多陪伴留留的时间。

> 自从离开母体，孩子就在和母亲告别，只有母亲知道，即使没有病痛，孩子分给母亲陪伴的时间也没有几年。

留留两岁半的时候，董小姐死了。这是在开始就知道的结局。　默哀！

葬礼前几天，我给鸟鸟打了很多电话，发了很多信息，却没有任何回应。葬礼当天，鸟鸟真的没去。

这时候就不用说到做到了吧？

车子开到地方，像是给自己鼓劲似的，我在打开车门前深吸了一口气，还特意戴上了一副大墨镜，大哭是免不了的，也不至于太失控。

但我还是失控了，彻底地失控了。我缓步走入她的灵堂，她妈妈和丈夫在遗体旁和亲友握手。在哀伤的静谧之中，在偶尔爆发出的啼哭之中，在沉重而缓慢的节奏之中，我不由自主地加快了脚步，甚至小跑起来，边点头，边插队，来到她的遗体旁边，深深地给她鞠了个躬。我像一个逃犯似的迅速撤退，但就当我节节败退，来到她妈妈跟前，握起她的手时，老人洪亮的声音在灵堂里炸开来："你劝也劝不住啊！现在好了，现在好了，人走了，人走了……"

带着无法谅解的心情，原谅一切。

面对无解的问题，逃避未尝不可。

我强忍泪水，生怕在老母亲面前崩溃，我只是紧紧地攥着她的双手，不停地摇动着。虽然无数次想象自己会怎样面对她的葬礼，但这一刻真的来临的时候，我甚至都以为自己只是在做梦，不愿意相信眼前的一切，告诉自己这不是真的。

千言万语都攥在手里了……

漫长的握手之后，我放下了老母亲的手，来到她丈夫面前，本想迅速了事，不愿再承担任何失控的风险，不料，我却清晰地听见一旁有人小声议论："这真是一个伟大的母亲。"我完全不受控制，径直朝那个人冲过去，并发出一声怒吼："你说什么？"董小姐的丈夫见情形不对，一把拉住我。我使劲扭动着身体，想挣脱他的控制，声音被怒气吊得更高："你说什么？你再说一遍？"那个人被吓傻了，定在那儿不敢动弹。董小姐的另一个亲戚察觉了异常，也上来架住我。随即，我被这两个男人拖出了灵堂，只留我的声音越飘越远："你说谁伟大！说谁伟大！"

（旁注：我甘愿董小姐平凡。）

没有任何一个母亲是神，在守护自己的孩子之前，她们也只是一个又一个普通的女孩子。

我在一片眩晕中找到一个无人的角落，开始放声大哭，直到身子完全瘫在了地上，直到鼻子和口腔被分泌物填满，呼吸都变得困难起来。

我被那个人口中的"伟大"激怒了。如果伟大意味着催枯一朵花，才能孕育另一朵花；如果伟大意味着燃尽一把火炬，才能点亮另一把火炬；如果伟大意

> 我们崇拜伟大,但无法接受深爱的伟大。伟大很好,越远越好。

味着停止一个生命,才能延续另一个生命……那么,去他的伟大! 我宁愿董玉洁是一个平凡的女人,平凡到可以怯懦,平凡到不会因为害怕而感到羞耻,平凡到可以心安理得地自私。

就当这样的怒潮像猛兽一样完全统治我的思绪和身体的时候,我又在蒙眬的泪眼中回想起刚刚看见的董小姐的脸,那是一种安详的表情,在那张脸上,没有伟大与平凡,没有矛盾与对立,她仿佛用这张安静的脸在这个时刻归来,给所有哭泣的人以无济于事的爱抚与宽慰。她知道,知道所有爱着她的家人和朋友的内心会因为悲愤而无法自持,知道她的儿子将会在剩下的人生里无数次对着她的照片发呆,知道所有人告诉她的所有坏事都将应验,她依然选择了那个崭新的生命,选择去死。

留留被带到了另一个房间,这是对的。我们只能去相信,他永远都不会知道这个秘密。妈妈不是因为他而放弃了癌症的治疗,她本来可以在这个世界上活更久的时间。妈妈就像千千万万个癌症患者一样,在

> 或许当他还在云朵里挑选妈妈的时候，就已经知道了这个女人的命运，但他还是决定去陪她走完最后一程。他也爱她，愿意在可以倒数的日子里叫她妈妈。

家人陪伴间，在温柔和暖意中离开了这个世界。但是，母亲和孩子之间怎么可能存在这样的秘密，或许在他离开妈妈肚子的时候就已经知道了。

正当我蜷缩在角落里，全身颤抖的时候，一双手搭在了我的肩膀上，把我从地上捞起来："别在这儿丢人了，赶紧走！"是鸟鸟。→ 到底还是来了。

从我进灵堂起，她应该就已经躲在某个角落了。鸟鸟只是一个劲儿地把我扶到了不远处的车上，什么都没有说。她确实没有迈进灵堂半步。我接过她递过来的纸巾，知道她根本不是因为赌气："你这个尿货，连进去看一眼都不敢。"

葬礼结束后的一个月里，我和鸟鸟都没有任何联系。直到有一天，鸟鸟约我吃饭："老时间，老地方！"我们刚一坐定，她就从自己的大包里拿出了二十瓶二锅头。我大笑起来，自从董小姐走了以后，我再也没有这么笑过了。

> 是要把没喝的一个月补回来吗？
> 那这二锅头是个补酒啊。

就在董小姐去世的两个月前，我们在这个位置上和她喝了一次酒。那次，是董小姐自己带了六瓶红酒，她就坐在老位子上。因为过量服用止疼药，她的右手已经废了，挂在胸前。但她依旧化着雪白如玉的妆，依旧衣着靓丽，依旧光彩夺目。她拿出从瑞士给我们带的礼物，说自己正在努力适应左撇子的生活……

（批注：纵然形销骨立，优雅至死不渝。）

董小姐说起在某个黄昏和儿子独处，儿子突然问她："妈妈，你不疼吗？生病……"董小姐一下傻了："小傻瓜，当然会疼啊，生病都会疼的。"儿子眨巴着两只大眼睛，说："你，没哭。我疼，我哭。爸爸疼，爸爸哭。人疼，都会哭哭……"董小姐愣在那儿，半天说不出话来，儿子摸着她的脸："妈妈，你疼，你就哭吧。"说罢，董小姐突然泪如雨下，那天，是我第一次见她哭。

（批注：破防了！我们总以为孩子什么都不懂，所以拿谎言搪塞他们，是我们低估了孩子，也高估了自己。o(T_T)o 泪目！想到画面就受不了……）

这个懂事到令人心疼的男孩就是我和鸟鸟苦口婆心让董小姐从这个世界上抹去的生命，我们都曾经坚定不移地要杀掉这个孩子。想到这里，我顿时惭愧

（批注：现在回想起来，大概因为孩子远在天边，而董小姐近在眼前吧。）

起来，我猛然惊觉：我们总是把目光放在董小姐的身上，所以觉得她固执、疯狂、愚蠢，但我们忘记了，一个母亲要因为自己的孩子才能成为母亲。孩子可爱迷人，她就可爱迷人。

那天，董小姐已经感到自己来到生命的尽头，已知道这是我们的最后一顿酒，已经开始为自己的决定而愧疚于朋友、愧疚于亲人、愧疚于儿子……她拼命灌酒，鸟鸟看不过："你找死啊，少喝点！"董小姐的态度已经相当淡然："别拦着我，死了以后有的是时间醒酒。"那个夜晚，我们都仿佛回到了初识彼此的时候，鸟鸟还是那个大大咧咧的直筒子，我还是有很多好奇、很多偏见的文艺愤青，而董小姐还是那个未经世事、不懂生死的小女子。

> 初见的时候要使劲一点，因为往后的每一眼，都不是第一眼；往后的每一天，都会怀念那一天。

不知不觉董小姐已经走了三年多了，留留快六岁了，快到了上小学的年纪。

留留，要健康成长噢！

狐狸的婚礼

爆爆很美，女人比男人更喜欢她。就拿喝酒来说，她可以把女人的嫉妒摁在发芽之前，用自己的仗义和豪爽把所有的女人都喝成姐妹，也可以让一些欣赏她的男人体会到她的距离与柔情，把他们喝成兄弟。但是面对大多数不愿服输、不愿认怂的男人，爆爆深感"无意苦争春，一任群芳妒"，她不费吹灰之力，就能让对方知道什么是"会当凌绝顶，一览众山小"。

> 爱喝的女人，人缘都不会太差。

时至今日，我从来没见爆爆醉过，一次也没有。

> 酒桌上那个永远负责抬别人回去的！

包括我在内的许多酒徒都曾经把爆爆当作对手，但大家渐渐都明白了，一切因为爆爆的在场而弥漫的硝烟和杀气都来自挑战者的不自量力。我和这个女孩单挑过，我感觉自己被放倒的时候，她还在热身。我们三个男人围攻过她，那是一场无与伦比的"三连斩"。我甚至有一次假装自己重病初愈，想在清醒的时候观察这个神奇的女子是如何把控节奏、调整状态、运筹帷幄的。但我从那次众人皆醉爆爆独醒的酒局中没有找到任何规律,最后只能平心静气地做出以下结论:爆爆就是酒量好,单纯的酒量好。

论酒量:北乔峰,南爆爆。

第一次见到这个重庆姑娘是在日本,当时我在日本旅行,参加东京流浪酒徒的例行酒局。她当时在东京刚念完书,一头大波浪,皮衣夹克加超短裙,气场全开。我问她:"能喝酒吗?"

→ 是能喝到第二天中午一点吧?

她点了点头,说:"能喝一点。"我把一杯纯威士忌递给她,她三口喝了一大半。

调酒师:对于这样的顾客,我们建议纯威士忌里兑二锅头。

会不会太浓?

她和一群女孩坐在一起,一个美女居然有如此好的女人缘,我瞬间长了兴趣,便找机会坐在她旁边,聊了起来。我两杯威士忌下肚,她已经干掉了五杯。我问她喜欢什么样的男孩,还没等她开口,旁边一个女孩抢了话:"爆爆喜欢和尚。"我一口酒喷到爆爆胸前的衣服上,整个场子就被我的狼狈点燃了,大家起哄的起哄,看热闹的看热闹,所有目光都聚到了这个喜欢"和尚"的女孩身上。

爆爆拿着纸巾擦拭湿掉的衣服，不紧不慢地说道："你别听她乱说，我只是喜欢六根清净、不争不抢的男人，外貌、身高、学历、家境什么的都不要紧。这个人必须特别会被我欺负，哎，怎么说呢，就是在别人眼里都是我在驾驭他，但事实上，是他完全吃住我。"爆爆举起自己的第六杯威士忌，给了我一个眼神，"这位东北男人，你赶紧的。"

那个晚上，我是被抬回酒店的，第二天醒来的时候，发现自己连鞋都没脱。回想前晚遇见的爆爆，不禁笑了起来。这个女孩，我喜欢。

从见爆爆第一眼，我就没有对她动过任何歪主意，我把她当纯哥们儿相处，后来她从日本回到北京生活，我便成了她大哥。

一年前的一天，爆爆突然给我打电话："哥，我可能要嫁人了，我把这家伙带来你这儿遛遛，你把把

悄悄问圣僧，女儿美不美 ↳ 唱起来。

听过吃唐僧肉的，没听过被唐僧肉吃的。

我不信！我不信！

关!"她话音刚落,我家的门铃就响了。爆爆站在门口,长腿长发,热衣热裤,还是那个尤物。她的旁边站着一个"和尚"。

> 此处响起一声庄严的钟声:咚!

那男孩顶着一个弧线完美的光头,和爆爆差不多高,很瘦,白T恤、灰短裤、人字拖,没有皮带,没有手表,没有任何杂色和花纹……巨大的眼眶里放着两颗眼神涣散的眼珠,却有着异样的光彩。爆爆一把将这个男生搂入自己怀里,对我说:"开始验货。"

这个男生叫小正,十六岁时全家移民日本,今年三十二岁,刚从东京大学哲学系毕业,要接着在北京念博士后。"你研究的是什么课题啊?"我找了个话茬儿。男孩很有礼貌:"简单说,我主要做关于'我'的研究。"

> 哈哈。

> 哲学范儿贼正,估计每日自省:"我研究了谁?而谁又研究了我?""是我研究了我!"

> 喜欢

我茶正倒了一半,疑惑地问:"我?"男孩刚张嘴,爆爆一巴掌捂住小正的嘴巴,跟他小声说:"他就是一喝酒的,你和他聊这些干吗?"我没搭理爆

你不是吗?!你不是吗?!

> 情绪好强……

你们全家都是喝酒的!

> 同感

> 这俩人太"反差萌"了,小正以后上医院的原因多半是跟媳妇儿接吻了。

爆,对小正说:"爆爆跟我说了,你酒精过敏,今天就喝茶吧。"爆爆把我倒好的茶分给小正,自己也拿起来喝了一口。

"这一道是刀伤?"我指着小正头上的那道疤痕问道。小正笑着挠挠头:"小时候被柜子上掉下来的东西砸的。"爆爆一边摸着那道疤痕,一边问我:"像不像一个存钱罐?"我噗的一声笑了起来,别说,那疤痕直直地位于头顶正中央,有一元硬币的直径长度,看得人真想扔一枚硬币进去。"我还以为是你打架被别人砍的呢。"我说。

> 哈哈哈哈哈哈哈哈,存的不是"假"币就行。

"我没打过架。"小正解释。爆爆撇着嘴说:"别逗了,就他这个小身板,他这个小胆量,估计我们俩要是被抢,还得我保护他。"小正看了爆爆一眼,就只是那种正常的眼神,爆爆便停住了。他转向我:"主要是我晕刀。"

> 实际上被拿捏得死死的。

> 就像妖怪见到了主人,降住他的,从来不是金箍棒。
> 哈哈哈哈哈哈

"晕刀?"我第一次听到这个概念,忍不住多问了几句。小正解释说他从小就害怕锋利的刀具,从菜

> 小正在闲鱼上贩卖闲置物品,因遭遇屠龙刀砍价而惊吓到晕厥。

刀到水果刀,只要见了就会头晕想吐,指甲刀除外。

那他会不会觉得金刚狼很恶心?

两人在我那儿喝了一下午的茶,临走的时候,爆爆当着小正的面问我:"怎么样?这个男人能嫁吗?"我一秒都没犹豫:"嫁。"爆爆惊讶地打量着小正,然后对我说:"你到底是看出他哪儿好?"我看着爆爆说:"我不用看他,我只用看你。你的眼神和状态告诉我:能嫁!"

人总喜欢揣着答案问问题。

爆爆不服气:"你喝酒不行,看人却还真是有一套。我到时候把婚礼时间告诉你,人生苦短,没空给你发请柬。"说完,她就领着小正离开了。

省点仪式,多干实事。

半年后,我参加了他们在重庆办的婚礼,是爆爆的主场。午宴上,大家就已经喝了很多酒。我照样不是爆爆的对手,到下午两点多就溜回房间,倒头便睡。睡梦中,我被持续不断的电话声吵醒,是爆爆打来的:"哥,你来派出所一趟,我和小正遇到了点儿麻烦。"我火急火燎地跑到附近的派出所,看到爆爆和小正坐在值班室里,旁边还有三个我不认识的陌生

得,就这一顿饭,酒店的酒水业绩翻两番。

对的。

人。小正的脸像是抹了白颜料,整张脸都是白的。而爆爆的脸上则像部落少女一样,有几抹白道道。在靠近警察同志的桌上放着两把水果刀,有一把我认识,早上刚用它削过苹果。我猜不会是有人抢婚吧。
↳ 最好是!

警察在教训他们俩:"你们俩什么毛病!你们结婚高兴,要拉着人家喝酒,也算是一起庆祝,这我能理解。但这几个小伙儿和你们无冤无仇,你们俩把人家几个都喝高了,自己涂着白脸,拿着水果刀吓唬他们,是在闹哪一出?现在幸亏是人家大人大量不计较,不然你们兜着走吧!"

小正低着头,都不敢看警察。爆爆在一旁拼命地点着头,眼睛里闪烁着挤出来的泪光。警察同志真的是不理解:"说吧,你们到底是在干吗?"爆爆又拼命地挤了挤眼睛,眼泪大滴大滴地掉了下来:"警察同志。"她又把头转向那几个陌生人,"几位兄弟。"爆爆的哭声越来越明显,"真的是喝傻了!我们也不知道到底是怎么回事。现在幸亏是没有人受伤。精神损失费,你们提,只要我们能负担的,我们一定赔。"

小正面色为难,但是没有哭:"真的是对不住各位了。只要是我们能做的,你们提,我们一定尽力弥补。"

我这才确定小正和爆爆是"被告",那三个人是"受害人"。

警察可没被爆爆这出苦情戏糊弄:"你们好好想想,什么时候说明白,什么时候走。"一个"受害人"开了口:"本来就是路过婚礼而已,你们高高兴兴地邀请,就一起喝几杯,结果却被拿刀威胁!还说什么彩虹的尽头,彩虹的尽头到底是哪儿?为什么要拿着刀逼着我们去?"他越说越气,声音越来越高。

明明是打劫,却莫名觉得很浪漫是怎么回事?这就是传说中的暴力美学吗?

这简单,让他俩先找到彩虹的起点,你们顺着走就行。 哈哈哈哈,对对对!

"就是!就是!"另外两个男的也跟着抗议。警察照顾着"受害人"的情绪,逼问他们:"你们两个好好交代,到底为什么要拿水果刀吓这三个兄弟?"

爆爆还是沿着套路想蒙混过关,小正却打断了她。他把爆爆的手牵了起来,十指相扣,然后给警察和"受害人"讲起了事情的由来。

一年前,他们去日本濑户内海旅行。小正为这次旅行制订了完美的跳岛计划,算好了每一班船的时间,也预约了所有他们感兴趣的美术馆。不料爆爆是个破坏大王,讨厌按部就班。一天早上醒来,爆爆说她不想上岛了,想去周边一个叫神山町的小镇去看看。

> 来一场瞎走就走的旅行。
> 一定要瞎吗?

小正答应了。两个小时的路程,她靠在小正的肩膀上睡了一路,头不停地掉下去。小正一边把她的头一次又一次地捞起来,一边查着一些关于神山町的资料。粗暴一点解释:这个小镇是新兴的"日本绿谷",住着来自世界各地的人,大家通过网络办公,过着"乌托邦"似的隐居生活。

> 热恋期的伴侣就是甜,做笔录还不忘撒狗粮。

"停!停!停!"警察打断了小正,"挑重点讲,没工夫在这儿听你们说书。"小正无奈地摆摆手,便继续说故事。他们在神山町下了车,爆爆就已经感觉到不对劲了。整个镇子里,没看到任何一个人。饭店、商店、办公大楼，都关着门。一座空城，他们不断地欣赏着各个房子门前的花草，读着门上贴的海报，就这么走着。爆爆说挺好，小正却不知道好在哪儿。

终于，爆爆在一个厂房门口逮住了一个身材高大、眼睛小小的当地男人。一阵寒暄后，爆爆问："请问，这里是发生了什么大事儿吗？"

"什么？"日本男人皱了皱眉。

爆爆问："饭店和商店都关门了，人都走光了，村民们都去哪儿了？" *全镇人口就一场婚宴？那大家还得错峰结婚呗，不然亲戚都凑不齐。*

日本男人这才明白："哦，今天下午有一对新人要举办婚礼。大家很早就过去帮忙了。"

爆爆不依不饶："那大家什么时候才会回来呢？"

"我想大家应该不会回来了，准备好婚礼以后，应该就会直接参加婚礼吧。"男人边说边鞠躬，表示十分抱歉。

爆爆让小正把地图递给日本男人:"那这样的话,我们还可以去哪儿逛逛呢?"

好奇这个绿谷到底什么样子。
请百度!

那男人勉强说出了几个地方,但都说不太清楚。介绍完毕,他用一种很虚的口气问爆爆:"所以,决定好要去哪儿了吗?"

"那个婚礼。"爆爆掷地有声,小正一个趔趄。

不要把人家的婚礼当景点啊!
这就开始民俗之旅了吗?

"什么?"男人好像没有听清的样子。

爆爆回答:"那个婚礼。"

男人把嘴撇成了一个波浪形,双眼避开她的目光,望向远处,尴尬地笑了笑。他可能在想:"这个女人真的是疯了。"嘴上却很礼貌地问:"你们确定要去那个婚礼吗?"

"我们想去看看大家。能告诉我们怎么走吗？"爆爆的兴奋劲儿又上来了，好像是发现了一个新景点。那个日本男人用手上的铅笔画出了路线。

爆爆拿着地图，一只手猛地挽到小正的脖子上，说："走！"

"你要是还是这个态度，我就先把你们俩拘留了！本来这几个兄弟没想把你们怎么样，只是想知道来龙去脉，现在你要再这么耍我们，事情就不好办了，告诉你！"警察第二次打断了小正，"重点！"

漫迷：这拖拖拉拉的劲儿，有闪回那味儿了。

"好好好，重点马上就来了。"小正被吓到了，故事的节奏快了一些。

在去那场婚礼的路上，爆爆给小正讲了一个电影片段。日本电影大师黑泽明在他一部叫《梦》的电影里说过这样一个故事，说一个小男孩站在自家庭院的门口，看着一边出太阳一边下雨的天气，嘟着嘴，眯着眼。妈妈突然出来劝告他："这种天气可奇怪了，

· 029 ·

又出太阳又下雨的,狐狸会趁着这样的天气举办婚礼,因为它们不想被人看到。如果你看到的话,它们会生气的。"之后的剧情当然就是小男孩开开心心地闯进了森林,然后,一场狐狸的婚礼出现在他的视野里。狐狸们列成两队,每一只狐狸的脸都画得煞白,非常高级,而且它们和着音乐的节拍,舞步几步一顿,美到弥漫着一种媚态。

好奇害死猫!好奇也骗了狐狸!↪人呢?

可算跟主线剧情扯上关系了。

那天,云片卷积,光色阴沉,四周山上有着成片的杉树,它们把整个镇子的空气都变得潮湿且带着泥土味。在小正的眼里,爆爆就像故事里的小男孩一样,无法遏制自己内心的好奇,仿佛有一股强力一直拉着她,一定要看看这场"狐狸的婚礼",而他正成为这场偷窥的共犯。

爆爆的故事讲得断断续续,他们在一个鸟居处拐了弯,沿着山脚的小路一直向前。正当爆爆在用很具体的细节来为小正描述狐狸的婚礼时,他们要去参加的婚礼就出现在了眼前。一片草坪被四周挂着的灯带包围起来,大概二十张桌子依次展开,都铺好了桌布，上面放着精致的餐具。

那时候，活儿差不多都干完了，大家都聚在草坪上，手上都拿着酒杯，熙熙攘攘，说说笑笑，等待仪式的开始。小正还没反应过来，爆爆已搭上一个女孩。爆爆拉着小正："走吧，她邀请我们去她的啤酒吧喝酒。"

那个女孩叫 Miyama，是一个艺术家。后面跟着的人是她的丈夫。爆爆说起了很多从电影和小说里了解的关于日本婚礼的习俗和礼节，却不想 Miyama 说这是一场非常西化的婚礼。爆爆的脸色有些难看，但她忍住了。

> 应届毕业生：学了四年专业，进入实操的既视感。

一杯啤酒下肚，爆爆对婚礼依旧念念不忘，便问 Miyama 婚礼仪式什么时候开始，不料对方说："婚礼在我们离开现场的两分钟之后就开始了。"出乎意料的是，爆爆的脸上居然没有任何难看之色，小正在旁边还下意识地躲了一下，他以为爆爆会像往常一样，直接一拳打在他胸口，然后狂吼："都怪你！"

> 这一躲，躲出了老公的风范。

祸不单行，这家店的酒并不好喝。见爆爆没有如意，小正的内心也飘过一阵失落的情绪，他不知道应该如何安慰女朋友，错过婚礼对爆爆来说应该是一个不小的打击。不料她竟像什么都没有错过一样，和Miyama聊起了天来。

> 小正真是一个贴心的男朋友，要是没那么唠叨就好了。

"再给你一分钟！要是我还听不到重点，你们俩今晚就住在这儿。"这是警察第三次打断他们，他把两副手铐拍在桌上。倒是那几个"受害人"听得入了迷。

哈哈哈哈哈哈，想把他俩的嘴拷上。

在离开婚礼的路上，爆爆似乎有些微醺，把整个人都挂在了小正的身上。走着走着，她突然发出一阵魔怔的笑声，笑得腰都弯了下去。拜托，就这么点儿酒，不至于到发酒疯的程度。笑声戛然而止，爆爆抬起头来，说："走！刚刚狐狸的故事没有讲完，你想知道后来的事儿吗？"

等到小男孩看完狐狸的婚礼，走到家门口，却发现妈妈把他堵在了大门之外，带着一股怒气："所以你看到了你本不该看到的东西。我不能让你进家门。

一只愤怒的狐狸来找过你。它留下了这个。"母亲从怀里拿出一把归置在鞘里的刀,说,"你要以死谢罪。"男孩把刀拔出半截,剑身反射出锐利的银光。他又把刀插了回去。母亲严肃地继续说:"快去求它们原谅你。把刀还给它们,说你很抱歉。"母亲走进院里,边关门边说:"狐狸是很记仇的。"就当门快要关上的时候,男孩焦急起来:"可是我不知道它们在哪里。"母亲还是紧绷的语气:"你会知道的,这种天气一定会出现彩虹。狐狸就住在彩虹的尽头。"

派出所的值班室里,小正说完"彩虹的尽头"这五个字的时候,那几个被他们拿刀威胁的人已经笑得直不起腰来,爆爆也笑,我也跟着笑,就连那个警察也忍不住笑起来。一个"受害者"对警察说:"警察同志,别为难他们了,我们也只是被吓到了,现在既然已经知道了来龙去脉,别的也都不要紧。人家今天新婚,我们就赶紧散了吧。"警察还是尽职尽责地对小正和爆爆又进行了二十分钟的思想教育,然后就把他们都放了出来。但是那两把水果刀被永远地扣在了警察局。

在派出所门口，那几个"受害者"纷纷和小正、爆爆拥抱，一个说："明天还要上班，彩虹的尽头我们就不去了，你们两个好好的。"另一个对小正说："你女朋友酒量是真的好。我们哥几个当时是给喝废了，才没出息报的警，你们千万别在意。"最后一个抱着爆爆说："但是，虽然我们是三对一，我们最后还是和你打了平手，你也不要太得意。"他们说完，就消失在路的尽头，也没有留下任何联系方式。

> 得了吧，是人民警察救了你们，你们才不要太得意。

那几个人走后，我才第一次从头到尾了解到这两个人被送来警察局的原因：

婚礼上的宾客一个个都离开了——大多是被爆爆喝跑的，最后只剩下伴娘、伴郎和这对新人。突然，爆爆不知从哪儿拽过几个过路的陌生人，硬是要把人家拉进来一起喝。一杯接一杯，伴郎、伴娘看出这一时半会儿也喝不到头，便都各自离去了。

> 酒店服务员：当时我和他们三个的距离只有0.1厘米，不到半炷香的时间里我知道他们害怕极了，以为遇到打劫的了。

爆爆和那几个陌生人喝得正酣，小正也奇迹般地跟着喝起来。他借故上厕所，到他们的包房把事先准备好的白颜料和两把水果刀拿了出来，先是给自己涂了一张煞白的脸，然后拿着两把水果刀重新回到宴会厅，走到爆爆身边，在爆爆脸上也抹了几道白色。这对新婚夫妻突然拔出水果刀，爆爆对着那几个人大喊："你们怎么会出现在我们狐狸的婚礼上，你们看到了不该看的东西，所以要以死谢罪！"

> 原来是有预谋的，我说他俩哪有工夫兑修正液。

> 感觉参加了雌雄大盗的婚礼。

那几个人顿时被吓软了腿，两个跪倒在地上，一个直接晕了过去。在不知所措中，有一个人还比较识趣，惊恐万分地接了一句："两位神仙，我们怎么做才能保命呢？"小正表情严肃，庄严宣告："除非，你们来寻求我们的原谅，记住，我们住在……"小正给爆爆递了一个眼神，然后他们同时发出了反派的笑声，异口同声地说："彩虹的尽头。"

> 最好的伴侣就是能陪你把现实主义过成魔幻现实主义的人。

在小正和爆爆玩得正爽的时候，其中一个人偷偷打电话报了警，后面的事情，我们已经都知道了。在警察局门口，小正和爆爆大笑不止，我也和他们一样大笑，三个傻子在派出所门口笑得捂着肚子，笑得东倒西歪，笑得走不动道。

就在笑得喘不过来气的时候，我想起了小正酒精过敏的事儿，便问他："你不是酒精过敏吗？"他答："对啊。"他随即撸起袖子和裤腿，皮肤上全是密密麻麻的红斑。我还想起了小正从来不打架的事儿，便问他："你不是从来不打架吗？"他答："今天也没打架啊，我们刀一拿出来，他们就跪下了。"我又想起了小正晕刀的事儿，便问他："你不是晕刀吗？"小正边笑边说："晕啊，警车载我们来派出所的时候，我一直在吐，不过警察以为是我醉了。"

> 现在可以从这个男人的状态确定，爆爆不仅能嫁，还嫁对了。

小正说着，爆爆突然一瞬间抱住他的存钱罐脑袋，朝他的双唇用力吻了上去，两人就当着我的面啃了起来。时间已经是晚上六七点，夕阳的橘红色倾洒在这对新人的脸上，我突然又想起了另一件事：爆爆今天是真的醉了，从来都没有醉过的爆爆，在结婚这天终于醉了。

> 用人喊大哥，用完随便搁。

那就愿这场酒，一辈子也醒不了吧。

记仇的狐狸们，
在彩虹的尽头饮夕阳饮醉了。
恭喜遇到了真正适合的人！

不满的

几个故事

1

不满给自己倒酒的时候，总是倒一半就停。每当他端着半杯酒要和我们称兄道弟的时候，总会被劈头盖脸地骂回去加酒。尽管如此，他还是不厌其烦地一犯再犯。于是，他就有了"不满"这个外号。不满，不满，他的酒杯永远都倒不满。

> 学习肯德基，加半杯冰。

第一次和这个"85后"男孩喝酒，他就已经叫自己"不满"了。他的本名好像姓谭，但是没有人记得，他也无所谓。他个子不高，看得出来经常泡健身房，一身腱子肉，可在许多共同认识的女孩眼中，不满是个不正经的家伙。"男人的男是一个田加一份力，所以男人只要活着，就要努力耕田。"像这样既没笑点也没爆点的歪理邪说，他总是津津乐道。

> 鸟鸟：每次听他讲笑话，都觉得他脑子进油。
> ↳ 腻得慌。

旁注（左上，蓝）：我也特烦别人拿半杯酒敬我，太不尊重我的大杯可乐了。↳ 同讨厌！

旁注（左下，红）：没事，本名是父母对我们的期盼，外号才是世界对我们的总结。

即使如此，我们还是次次都想叫上他。他是用生命讲笑话的那种人。这么说有些过分，但如果你坐在酒桌上，听他说起自己奇葩的各种约会经历，就能明白他是如何亲力亲为地成为一个喜剧演员的。那些五花八门的桃色故事总是百转千回，却又逃不出最终的灰色悲情色彩：被甩，被捉弄，被拒绝……

> "自黑"致死。
> 下一场恋爱叫初恋。
> 永远都是第一次！

所以，我们更加坚定地叫他不满。不满，不满，他的欲望总是填不满。

> 脱口秀变现成功。
> 有点东西。

渐渐地，我们形成了一种默契，喜欢和不满做交易，如果他能在当晚更新一两个悲催的猎艳奇遇，我们就不追究他喝酒只倒一半的劣习。

> 别人喝酒是因为失恋，不满失恋是为了喝酒。
> 喝酒和失恋，总有一个在伤身体。

就这样，不满总是能举着只倒一半的酒杯整晚畅饮。我们把他的故事当成酒局中的脱口秀来看来听，但很多时候，正如许多喜剧演员自己都得了抑郁症一般，不满会不由自主地低落起来。

> 就爱看线下脱口秀，说点不能播的。
> 票在哪儿买？

每到这个时候，他就会自己默默地把半杯酒倒

> 笑声没恶意,
> 听起来好像不满更惨了。

满,伴随着我们毫无恶意的笑声,"嗖"的一下把酒像瀑布一样灌进肚里。

> 最开心的人伤心起来,全世界都会默哀。
> 安静的声音。

不满把玩世不恭的标签贴在自己的胸口,只顾苟且欢愉,却常常憋出内伤。作为猎手,不满硬件条件不差,身材不说了,重点大学毕业,谈吐虽然容易过火,也不算无聊;声音浑厚,异于常人的大鼻子和一双大手……但他缺乏耐心的本性却像一股离心力把他往失败里推,再加上他对面子的执念时有时无,该要脸时不要脸,该不要脸时他又要起脸来。

> 也容易"烧糊"。

> 别担心自己的不合时宜,人总会变得世故,
> 那时的你会怀念常常搞砸场面的自己。
> 同意。该要脸时不要脸,说好听了叫洒脱;
> 不该要脸时要脸,说好听了叫原则。

这么说起来太抽象,我来给你们讲几个不满的故事吧。好的。

2　阿拉斯加

不满非得把在拉斯维加斯的这次约会伪装成一次求医。

本来我们一伙儿人在拉斯维加斯的大街上,正为尴尬的时间安排犯愁。大家刚吃完晚饭,时间来到七点,预定的表演八点才开始,一个小时的空隙,实属尴尬。 在拉斯维加斯会找不到事干?
结个婚也行啊。

不满是一个不喜欢尴尬的男孩,他没有参与大伙儿的讨论,一直低头看手机,划拉个不停。

时间管理大师上线。

突然,他把手机放到裤子口袋里,抬起头,脸上拿捏出一种复杂的表情,弱弱地说:"我不太舒服,要回酒店休息一下。"

"你哪儿不舒服?"一个新朋友关切地询问。不满眼珠转溜了一圈,没有回答。只听见另外两个熟悉他的老朋友嘎嘎笑起来,一个说:"不舒服就赶紧回去吧,这事儿不能拖。医生已经约好了?"

其他人像约好的一样,都"噗"地笑喷了。那天演出的票不便宜,新朋友还在纳闷:什么样的病痛能够让酷爱观看演出的不满临阵脱逃呢?

不满的脸挂不住了,他用双手捂住脸,微弱的声音从指缝间飘出来:"我真的是不舒服!"

好的,我信了。

拉斯维加斯本是一个人造的荒漠之城,在我们周围,山寨的巴黎铁塔已经点起了灯,映射出一股虚假但是迷人的光亮。

"知道!知道!赶紧去吧。"朋友见他已经"恬不知耻"到这种地步,也不忍心继续打趣,便跟着敷衍起来。望着不满的背影,老乔感叹:"在拉斯维加斯也能不舒服,不满是真有本事。"话里话外带着一些遗憾,只恨当年读书不努力,没有学好英语。

大学英语四级很重要的。
谁能想到看病还要用大学英语四级呢?

不满和我们分成两路,我们去看演出,他去看"医生"。七点半,我们前脚刚踏进剧院,外面就下起了倾盆大雨。雨珠像一颗颗鹅卵石一样在地上打出啪啪啪的声响。路上的行人像遭遇了一次枪林弹雨,逃难般拥入可以挡雨的地方。

整场演出,不满都没有出现。我分神了好几次,倒不是关切不满的病情,而是回想起自己十年前如他这般岁数时候的生活,总会有一种抱怨老天不公的怨气。当年自己的身体怎么就这么好呢?

人总是在最好的年华过着最糟的日子,等日子变好,身体又变糟了。

我们走出剧院,雨没有刚才那般夸张了,但依旧不小。等我们回到酒店的时候,老乔的手上已经多了两袋顺路在超市买的啤酒。我领着他们去不满的房间探望"病人",不知道他是否已经痊愈归来,也顺便了解了解拉斯维加斯的这位"医生",不料不满带着极差的脸色开了门,倒像是真的生了病一样。

"看来美国的医生爽约了。"一个朋友率先发难,大家像闹洞房似的拥入不满的房间。不满都没有看我们一眼,径直栽进了被窝里:"这该死的雨,什么时候下不好,偏偏那个时候下! " *雨下得那么认真……*

"喏,我们买了一些啤酒,本来是为了庆祝你恢复健康,现在看,这个医生的医德没有经历住大雨的考验，那就一起喝一点，就当是集体开个拉斯维加斯医德批斗会吧。"老乔把手上那两袋啤酒往桌子上一放，拿了一瓶出来，丢在不满的床上。不满整个身子都蜷在被窝里，只用一只手伸出来把啤酒拿了进去。"把你这个医生的资料给我们，我们告她去！"朋友们不依不饶，几个人笑起来。

老乔：真羡慕你，我们在剧院都喝不上咖啡。 *老乔是谁？→请看上文。*

"滚！滚！滚！"不满的声音从被窝里传出来，"我在楼下咖啡厅坐了整整一个小时！"我们都把手上的啤酒打开，喝了起来，聊起今天的演出。过了一会儿，不满从床上弹起来，他把那瓶酒一开，直接吹了个底朝天。

那是不满喝酒喝得最痛快的一次。他再次在软件上给那个女生，不，给那个医生发了信息。我们离开后，不满下楼抽了根烟，郁闷的情绪和满城的湿气一样，散都散不去。

直到他离开美国，都再也没有收到那个"医生"的消息。

3　康提（斯里兰卡的一个城市）

那次斯里兰卡的清修之行安排得很紧，我们一行人浩浩荡荡，不是爬山就是拜佛进庙。晚上的康提很安静，我和不满一个房间，孤男寡男地分别摊在床上，他就一直拿着手机可劲儿刷，手指不断滑来滑去。一个好的猎手为了捕捉猎物，从来都不会给自己休息的机会。

我都快睡着了，他拍了拍我，神神秘秘地问："你觉得这个姑娘怎么样？"他一边说一边把手机举到我面前。

照片上，一个姑娘在海边，戴着墨镜，侧着脸，一个优雅的姿势，看着有些眼熟。我立马恭喜他："恭喜啊，猎物锁定，可以给这次的行程画上一个圆满的句号了。"

他没搭话，脸上也没有笑容，只是在手机左上角点了一下退回键，我看到，偌大的屏幕上只有一个女孩的资料。他怅然若失:"我把距离设置为五公里,刷了半天,翻来覆去,就只有这一个女的。"

"大哥,这里是康提,有就不错了,赶紧行动吧。"我安慰道,心想着赶紧把他赶出去,我也图个清净。我是真的困得不行了。

"得了吧。这个女生的距离几乎为五米,应该就在我们隔壁。我对比了一下咱们团里的女生,这个人就是你说有点高冷的李菲菲。怎么下手?"

"李菲菲?"我一下困意全无,"你再给我仔细瞅瞅。"我仔细打量,确定就是李菲菲。

我们之前并不认识这个女孩,听说她之前做过模特,看她一米七左右的身高也能知道。她不怎么说话,尤其是和男生,不知道是慢热还是高冷。一个禁欲系女孩出现在膨胀的欲望页面,这画面有些酸爽。我嘴里嘟囔:"现在的年轻人都是演员啊。"

作为正能量室友，我还是推波助澜："这就是佛家讲的缘分，天地之间，就只有你们坦然相对。"不满拿着手机回到了自己床上："在城市里，交友软件上总是热热闹闹，选择多多。现在可好，这鸟不拉屎的地方，真是门可罗雀。"我直接把头埋进了枕头里，说："不满，你就这本事？这么烂的梗！你不是还没喝酒呢吗？"

窗外，康提的天空云卷云舒；窗内，室友的天空愁云惨淡。线上孤男寡女，线下好友近邻。心中欲火难耐，身体寂寞无敌。我用困得睁不开的眼睛都能看见不满还是在不停地刷，想要等待一个奇迹。*永远都觉得下一个更好，然后永远怀念上一个。*

早上醒来，我还在似梦非梦中，一声响亮的咒骂在房间中响起："她把我拉黑了！"他几步跨到我床上，拼了命地摇醒我，把手机屏幕再次抵在我的眼前。我一阵眩晕，只见五公里内，再没有一个头像。这满屏的黑暗定是无情吞噬了不满，我恍惚中，感觉不满突然变得很小，小到我一巴掌能拍死他。

哈哈哈哈哈，连存在都是个错误吗？→是！

这也给了大多数人的问题一个答案：就算全世界真的只剩一男一女，你也未必会被选择。

· 047 ·

后面的行程里,李菲菲逐渐展现了慢热的个性,她和团里的男人们的话明显多了起来。大家都很喜欢她,除了不满,因为她再也没和不满说过话。

4 新加坡

不满和那个女孩约在美术馆的咖啡厅见面。他是第一次见这个女孩,两人是一个小时前刚在手机交友软件上认识的。

每到一个城市,不满都会去当地的美术馆或者画廊看一看,新加坡自然不能例外。车开到大门口停下,不满拿出信用卡,准备结账,司机摇摇头,用手向他比心,当然,那是现金的意思。手机支付把这个家伙宠坏了,他身上除了手机和信用卡,没有一点儿现金。就这样,他们僵持了五分钟。

等啥呢?等司机开发支付宝呢?

他无奈地打开那个交友软件,对那个女孩的账号发了一条信息:"你可以出来接一下我吗?"

出租车里的计价器嘀嗒嘀嗒地跳着表,难熬的几分钟过去,女孩出现。身材高挑,一身白裙,平底鞋,即使戴着草帽,也能隐约看到清丽的脸。她走到车门外,向不满招了招手,熟练地拿出现金付给司机,不满逃出了那个尴尬的座位。"你怎么就知道是这件事?"不满有些惊讶,女孩摆摆手:"都这样!"

不满以转车费的借口加了她的微信,并把钱立马打给她。"一会儿,我请你喝咖啡。"她也爽快地答应了。进到咖啡店,他们各自点了咖啡。不满拿出信用卡准备付钱,店员摇了摇头,指了指 POS 机,说:"不好意思,POS 机坏了,只收现金。"

他们俩都没有忍住,在收银台前嘎嘎嘎地笑出声来。她从钱包里取出现金,付了咖啡的钱,不满同步在微信上转账。 这是一个别致的开始,希望不满好好把握。

聊起来,才知道这个女孩是华裔,所以会说中文,但没去过中国。她在新加坡出生,然后在欧洲念的书,现在回来从事艺术相关的工作。

"你知道我们海归的女同学怎么说新加坡本地男人吗？"女孩语气神秘。不满摇了摇头。

女孩："我们说他们是虾。"

不满："虾？"

"就是要剥掉头，才可以吃。"

女孩大笑起来，可能也是为了掩饰笑话中的刻薄吧。不满也跟着笑起来："就是说他们身材好，但长得丑呗。"但是他的笑声里有一些不太和谐的音符，不满难免有些对号入座。不过他转念一想，女孩现在的状态不像是碰到了"虾"。像碰到了虾米，头也可以吃。

真的太刻薄了，这也太侮辱虾了吧。

她说她不太喜欢新加坡本地男人，所以常常会用软件，看看是否能遇到有缘的，没想到这次却碰上一个有难的。

"那么，你愿意陪我一起看展览吗？"女孩温柔地问。不满露出一脸坏笑:"看展览这个说法在新加坡有什么别的意思吗?"女孩的脸瞬间通红,连忙解释:"没有没有!看展览没有别的意思。"

不满知道自己又一次尴尬了活跃的气氛,不自在起来,只好说:"只是这里的展览都是免费的,我也没法请你。"

那次看完展览,女孩就回去了。也不知道是不是因为太多的插曲,让彼此都有些无力的感觉。

那是一个气温将近四十摄氏度的下午,人被炽热的阳光烤得有点儿傻。从没钱给出租车司机到没钱给咖啡店,再到看展览也不用钱,不满在这方面有点大男子主义,总觉得自己表现很差,仿佛就失去了其他任何事情的资格。

> 不该要脸的时候又开始死要面子了。

到两人分别,女孩都没有接收不满的两次微信转账。她说起自己半年后可能会去北京出差,如果到时候不满有时间的话,就再见见。

> 真的让人怀念上个世纪，至少一切能当面说清。

但是不满再也没有收到她的信息，一切都停留在了那两次失败的转账中。一切都沉浸在这样的气氛中：化解不了的尴尬，也是说不出来的美好。

> 想让一个人记住，
> 除非一见钟情，否则只有耿耿于怀。

5

我在几年后遇见了李菲菲，就是在康提那晚拉黑不满的女孩，她已经嫁为人妻，搬到了国外生活。

我们聊起那次的"清修之行"，她主动坦白其实自己很喜欢不满，而且也认出了不满的头像，她向来不是一个主动的人，她在等待这个男人给她发出第一条信息。第二天她睁开眼，就期待地打开了手机上的软件，却没有看见未读信息。骄傲也好，自尊也好，她不得不拉黑这个账号。 不满，不满，
　　　　　　　　　　　　　　　缘分总是不满。

"主动才能有故事"。

也是因为这样，在之后的行程里，她只能选择对不满爱搭不理。 自尊是爱情的绊脚石。

李菲菲的话让我重新回想起不满的很多故事。或许不是故事本身不够美好,而是美好的那一半没发生在他身上。

> 能错过的剧情都是支线,主线谁也逃不了。

　　不满总是想得太多,要得太急,因而错过了本该属于他的美好情节。就好像不满总是习惯性地倒酒只倒一半,以至于故事也只发生一半。

　　不满啊,不满,故事都总是发展不满。

　　或许,在拉斯维加斯的那场暴雨里,那个女孩(也就是大家口中的医生)去过不满的酒店。因为出门的时候还没有开始下雨,所以她没有带伞。

　　但那晚的滂沱大雨太过猛烈,只是在雨中看了一下手机,手机闪了几道亮光,就坏掉了。

> 失去手机,我们就是独自漂泊的星辰。

　　然而她还是走到了酒店的门口,她在大堂里坐了坐,实在无望,她才离开了酒店。

她在酒店大门和那个刚抽完烟的男人擦肩而过，因为整晚的遭遇已经让人筋疲力尽，所以她没有多看不满一眼。

缘分总是藏在一眼之间。

或许，在不满新加坡之行一年后，那个拯救过他的女孩来北京出差。

这才叫生活。

当她看见每个人无论坐车、购物、看电影都拿着手机付款的时候，突然想起来那个没钱打车、没钱买咖啡的家伙。

终于，她在出租车上，往不满曾经给她转账的那个微信账号发了一句："Hello，我在北京，我坐出租车只有现金，司机找不开，你能来救救我吗？"

但是，就在信息发出去的瞬间，她看到"你还不是他（她）的好友，请先发送朋友验证请求，对方验证通过后，才能聊天"。

他们的故事像转账记录一样变成灰色了。

6

在从新加坡回到北京的三个月后，不满就闪婚了。他是通过家里的介绍认识了那个女孩。

↘ 这才是属于不满的美好情节。

他现在已经是两个孩子的爸爸，同时也是一个好老公。结婚前，不满举办了一个退休酒局，叫上了包括我在内的所有酒徒。

我把李菲菲的话原封不动地告诉了他，他不觉可惜，也不为所动。

那晚，不满的酒杯还是和以前一样，总是一半一半地倒过来，补过去，不过他脸上的幸福却是满满的，一副可憎可恶的嘴脸。 不满再也不讲脱口秀了，他的句号真的画上了。

他的老婆没有说什么，但他还是很干脆地删掉了之前加过的那些女生的微信。

他也没有说什么，但朋友都不约而同地不再叫他不满了，而是直呼他的名字，我也是后来才记清楚了他的名字：谭平。终于知道了男一的真名。

后来的很多时候，每当酒局因为缺少了不满而变得太过沉闷、太过"健康"的时候，我总是会想起这个倒酒倒不满、欲望填不满、故事讲不满的家伙。

而此刻，
他是世界上最圆满的家伙。

"三打白骨精"

三年前。

这是一篇有味道的文章。

这个漂亮女孩的脚臭味在旅馆房间里弥漫开来，如生化武器一般。

《魔都精英的奇妙之旅》

她叫林芝，一个生活在上海的白领，现在平生第一次闻到自己的脚臭味。她坐在床上，一身恶臭的徒步装备依旧将身子裹得严严实实，就在刚刚，这个叫谷风的男人脱下了她的鞋袜，然后开始耐心地检查她的双脚。

这位大哥，你能不能对生化武器有一丝丝的敬畏？

他们俩在西藏，刚刚经历了两天两夜的转山。这一路上，林芝没有喊过一次累、叫过一次苦，这倒让谷风十分意外。记得林芝当初提出要陪谷风来西藏转山的时候，谷风就警告过她："转山不是爬山，要脱层皮的。你这平时也就做做瑜伽，装模作样地跑跑步，肯定吃不消。" *不高反已经很不错了……*

林芝还是坚持要来。刚从山上下来，回到旅馆房间里，她膝盖和腰都废了，一个一个血泡遍布脚趾，有的已经破掉，血腥味混着两天下来的脚臭，那味道足以让任何人汗颜，更别说是一个面对恋人的女孩。

林芝：想做个截肢的天使。

隔着书也能感受到的尴尬。

林芝把头扭向一边，声音却是朝着谷风："别别别！这太臭了！你先去洗澡，我自己来！"她一边用双手使劲儿把谷风往外推，一边挣扎着要把脚往回收。但是谷风用力抓住她的脚腕，使她动弹不得。"你别动！"谷风把林芝的脚锁住，"我得先把它们洗干净，然后上药，不然你一定会感染的。"

林芝的脸都红透了，继续用力收脚："不要！太丢人了！你不要管我！"如果说血泡能勾起男人的拯救欲，那脚臭所考验的就绝对是真爱了。 *脚臭测试真爱！好办法。*

谷风一下放开了林芝的双脚，他在洗手间将一块大毛巾浸湿之后递给林芝："澡你肯定是洗不成了，就将就着用这个擦擦身子吧。我去前台问问有没有医药箱。"谷风拿到医药箱后，特意在大堂坐了二十分钟，回房间的时候，林芝已把鞋袜都放在了窗外，换好了干净的睡袍。

谷风先是将血泡挑开，挤出积液，再用酒精进行彻底的清洗，然后又一个接一个地给血泡上好药，最后用纱布仔细地包扎起来。两只脚都搞定已经是半个小时后的事儿了，林芝的脚臭味渐渐消失在空气里。谷风松了一口气，整个人瘫倒在另一张单人床上："我也差不多废了。"他刚说完这句话，就开始打起呼噜来。这个虎背熊腰的男人躺成了一个"大"字，肚子上下起伏，偶尔身体抽动着。

林芝来到谷风的床尾，把他的鞋子脱了下来，那股似曾相识的脚臭味再次袭来，她这才猛地意识到谷风两天没有换袜子，鞋子湿了又干，干了又湿……

看着谷风睡得像个孩子，林芝便也躺了下来。林芝觉得自己无比幸福，他们一起潜过水，看过日出，有过同甘共苦的风尘仆仆，才能脚踏实地地雪月风花。

吃过无数餐厅，但这样一段艰苦的旅程，特别是刚刚那个关键时刻，让她体会到一种前所未有的满足。

虽然她的双脚像被针尖刺着一样疼，但是慢慢地，她也沉入梦乡。她感觉自己的身体很轻，抛下了那么多纷纷扰扰的事，忘记了许多不愉快的过往，甚至在梦中，她仿佛忘记了自己在上海，谷风在北京，忘记了他们半个月才能见上两三天，忘记了他们更多的相处总是短途或者长途旅行，甚至忘记了谷风的女朋友不是她，而是一个在一起多年却一直远隔万里的"透明人"。

↗ 相遇有点老套了吧。

他们是在一个艺术展上认识的，这个高大、爽朗、健谈的北方男人第一眼就抓住了林芝，死死不放。谷风能感觉到，林芝并不缺追求者，她经济独立，外貌清秀，身材高挑，性格温柔。但也因为这样，林芝有点无聊，她心目中的许多想法都像是写在教科书上的：事业，婚姻，家庭，孩子……活成"别人家的孩子"也不是件开心的事。教科书式的人生虽无聊，但可靠。

一年前和谷风的相遇，让林芝感觉自己的心仿佛被点燃了，从而多了很多关于挑战的期待：一种因为感性而让理性屈服的爱情。

谷风在认识林芝的第二天就坦白了自己有女朋友的事实，他请林芝吃饭，说："我有一个在一起多年的女朋友，她不在北京，但我们已是家人，所以基本上没有分手的可能。"林芝好像只听到了"基本上"这三个字，这就代表也有分手的可能。凡是理性犹存的女孩都敢肯定这个男人是骗子，但林芝答应了谷风的追求。妄图拉海王上岸的女孩，最后都淹死在了爱情海。

那之后，除了谷风去上海，林芝来北京，他们还共同经历了许多旅行。两个人丝毫没有情人的躲躲闪闪，光明正大，落落大方。谷风会把她介绍给他所有的朋友，两个人不管是吃饭、逛街、看电影，常常都是十指相扣，举止亲昵。

小人坦荡荡，君子长戚戚。

但是，每次谷风介绍林芝的时候，总说林芝是他的朋友。林芝温婉，总不愿多想。可次数多了，作为南方人的林芝还是会心存疑惑。

"朋友是什么关系？"一次，林芝终于忍不住问谷风。谷风这个老滑头耍赖："在北方人的概念里，一个男人牵着一个女孩的手，跟朋友介绍这是他的朋友，就是在说女朋友。"*当我没看过春晚呢？北方人都叫对象。*

→ 南方人不懂。

"那为什么不把'女'字加上去呢？"林芝涨红了脸，这样步步紧逼实在不是她的风格。

既然一个意思，你就加上去，转山都累不死你，还能被这一个字累死？

谷风故作不耐烦："不是一个意思吗？"

就是就是。

"那你会怎么跟新的朋友介绍你在一起多年的那一位呢？"林芝的声音变得很小，仿佛并不希望对方听见。谷风是打太极的高手："我和她一年就见个两三次，哪有时间交新朋友。"*要没个小长假，你俩都快成新朋友了。*

除了"女朋友"这三个字没有给林芝，谷风把其他所有能给的都给了。他和不正经的酒肉朋友都断了往来，再也没去过夜店，没勾搭过任何一个姑娘。*你确定？*

他们这样的关系保持了一年，也经历了所有恋人

· 063 ·

必经的路途与风景,但是,林芝却越来越在意那三个字,特别是在她快要三十岁的时候。

终于在这一年的圣诞节,林芝向谷风下了最后通牒:"要么两个人名正言顺,要么就分开。"她给出的期限是一个多月后的春节。

> 已经可以预判故事结局了。

> 这种男人确实不适合留着过年。

那段时间里,焦急的等待就像一场旷日持久的审判。而最终的判词是春节前夕两人在北京最后那一顿午餐,谷风表情严肃:"对不起,像刚开始说的那样,分不了。真的对不起。" 果不其然。

除夕那天早上,林芝回上海,谷风去机场送她。在安检前的那个检票口,谷风被拦在了外面。林芝径直往里走,没几步,她突然停了下来,转过头来,用她从来没有过的大嗓门破口大骂:

"谷风,你……"(人工消音十五秒)她边骂边哭,整个人都颤抖起来。周围的人都吓坏了,几个警察飞速赶过来。但最震惊的人是谷风,林芝从来都是他怀

> 恋爱脑可算是醒了,这顿骂就当是醒来后的起床气吧。

> 女人是鲲鹏，
> 只对爱人小鸟依人。

里的海绵，而如今，她就像一门大炮。眼看警察越跑越近，林芝突然转过头去，像一只小鹿蹿进安检通道，留下谷风一个人在那里站了许久。

好一阵儿，谷风都缓不过劲儿来。而林芝走到安检通道的转角时，已痛哭到直不起腰来。

> 这场恋爱就像转山，
> 转回起点，却脱了层皮。

三年后。

> ↳ 深刻。

除夕的机场诀别后，林芝和谷风又回到了自己原有的生活轨道。林芝迅速找到了合适结婚、合适要孩子、合适一起生活的男人，两年后，她结了婚，并且积极地备孕；另一边，谷风回到了自己原本的样子，女朋友依旧在遥远的不知何处，游戏人生畅行无阻。

> ↳ 女朋友真的存在吗？
> 或许只是他随时撤退的借口？
> ↳ "消失的爱人"。

好像他们在一起的那一年是两个人的意外：因为谷风，林芝抛下平稳，选择潇洒；因为林芝，谷风抛下潇洒，选择平稳。

分手三年后的一天,谷风出现在上海的一个美发沙龙,他在等待一个做头发的姑娘,晚上他要带她去参加一个好朋友的生日聚会。那女孩知道谷风有一个固定女友,这一点,谷风总是事先声明,从不含糊。

> 对火来说,飞蛾扑火是飞蛾的问题。
> 对。→ 周瑜打黄盖。

女孩二十岁出头,一头乌黑的长发,在和发型师说说笑笑,谷风则坐在等候区的沙发上,刷着手机。猛然间,他听见一个熟悉的声音:"浑蛋,你怎么在这儿?"在他的人生里,只有一个人在大庭广众下这么叫过他。谷风抬头,是林芝,她挽着一个比她矮一点的男人,那男人戴着眼镜,衣服遮不住一身的腱子肉,一看就是经常泡在健身房里的类型,但无奈长相实在过于普通,在人群中你不会多看他一眼。

> 这人怎么看着眼熟?
> 不满出场?

"你去吧,发型师已经约好了,我就在这里等你。"林芝把那男人推了进去,甚至都没有介绍谷风是谁。

> 不必介绍,那声"浑蛋"已经透露出你们的距离和亲昵。
> 哈哈哈。

男人不慌不忙,也没有表现出特别的兴趣,便走了进去。休息区一共有四张沙发，林芝不偏不倚地坐在了谷风的旁边，目光往里面扫了一眼，然后说："老实交代吧，是哪个姑娘又倒了霉啊？"

谷风笑出声来："左边数倒数第二个。"

"换风格啦。"林芝脖子不自觉地向后缩。

"你以为像你这样的这么好找啊。"谷风身子向林芝这边靠。 ↘会撩！

找到了又怎么样呢？比寻找更难的是珍惜。
　　　　　　　　　　　↘哈哈哈，对。

"你又不会真把人家放进碗里，锅里的还不是什么时候都是一大堆？"林芝拍了拍谷风的肩。

剑拔弩张吗？不至于。两个人掌握着微妙的分寸，特别是林芝，放了收，收了放，其实彼此都聊得很开心。

四十分钟的时间很长，不过对于他们来说，一晃就过去了。

> 什么样的生活，找什么样的伴侣，
> 伴侣的样子就是我们生活的样子。

巧的是，两个做头发的人是一块儿出来的，林芝挽起丈夫的手，姑娘五指紧扣地牵起谷风的手。

所有人都还没有说话，林芝一句话打破四人之间的安静：

"谷风，你闻过这个姑娘的脚臭吗？" 哈哈哈哈。
　　　　脚臭不臭不知道，但她的脸肯定臭。

林芝的丈夫双眼微眯，压住内心的惊讶，看了一眼老婆。谷风身旁那女孩眼睛睁得老大，一脸震惊和疑惑，盯着谷风。谷风先是一愣，然后就一个劲儿地笑，停都停不下来，接着林芝也开始笑，两个人在那儿前仰后合地笑了有半分钟。

→ 把群聊当私聊，你们两个礼貌吗？
　→ 就是就是。

女孩不得要领，对谷风说："我从来都不会脚臭的。"又转向林芝，"这位大姐，你没喝多吧？"谷风赶紧救场："这是我们之前听过的一个笑话，给你介绍一下，这是我朋友，林芝。林芝，这位是——"

"这位当然是你朋友，对吧？"林芝抢先一步说，眼睛很明显地停在了谷风和女孩十指相扣的手上,"这位是我先生,谭平。我们先走了。"说完她便拽着先生转身出了门。林芝不想知道这个女孩的名字,她当初也从没打听过谷风女朋友的名字。

> 是不满啊!不满,不满,我对你的眼光很不满。

林芝夫妇才走了几步,那个姑娘就满脸不爽地问谷风:"我是你朋友?你朋友?"谭平听见小女孩的言语,笑了起来。林芝问丈夫怎么了,他只说:"夫人脚臭?我怎么从来没有发现过?"虽说他们认识了三个月就闪婚,但谭平从来没有闻到过林芝的脚臭,倒是自己时不时地会把家里的空气污染一番。

林芝打趣:"我们家有一个人脚臭就够了吧。"但说完这句话,她的脑海中就浮现出在西藏那间旅店里的场景,那回忆就像是水底的一只怪兽突然出现在水面上,但是冒了个泡,又自己游回海底去了。

那天晚上的朋友生日聚会,KTV包房里,林芝夫妇坐在了谷风的对面。这样的巧合,林芝和谷风都只能顺其自然。

> 出门前得看看朋友圈,你永远不会知道谁的状态下会出现熟悉的头像。真的!

谷风身边是另一个女孩，发廊里那个姑娘当场就被气走了。谭平的手始终搭在林芝的另一边肩上，游戏输了，他就代妻子喝酒。如今谷风身边这位，林芝不认识，但女孩对谷风的兴趣却一目了然。

↱ 有点好笑。

林芝觉得这女孩很像一只苍蝇，嘴里总是嗡嗡嗡嗡地叨念出一些露骨而且刺激的挑逗之语，两只手就像苍蝇的双足一样有特别多的小动作，上上下下地在谷风身上摸来摸去。谷风有点吃不消，总去洗手间，已经六七次了，实际上却只是在房间外的过道上抽烟。

女孩忍不了了，终于跟出去了一次，在门外抓住谷风就强吻。这时候，林芝推门出来，撞个正着。林芝冲谷风点点头，淡淡一句："这个比下午的那个老，但是比那个胸大。"这句话一字一顿，生怕那个女人听不清楚似的。说完，她就微笑着又推开了包间的门，从容地回去了。

包房外，那女人正手反手两个嘴巴赏在谷风的脸上，随后冲进房间，扯出自己的衣服，一步一个声音地愤然离席。谷风一脸愕然,不知所措,他再次进来的时候,眼神变了,多了几分杀气。

他不改座位,依旧坐在了林芝的对面,拿出手机,拨通了一个电话:"干吗呢?今晚过来吗?我把地址发给你。" *家里是开汽修厂的吧?*
擎天柱的备胎都没你多。
↳ *哈哈哈。*

林芝装作若无其事地和丈夫说着她也不知道是什么的事儿,却好奇电话那头究竟是一个什么样的声音,但是在KTV里,却什么都听不清楚。*跟你有什么关系?*
有什么关系,跟你?
男人奇怪的胜负欲……

半个小时后,一个长发、可爱系的年轻女孩赶来,她进包房时,谷风正在和林芝他们夫妻喝酒。林芝已经开始自己上阵,但因为玩游戏总是输,她喝了很多。*不满心疼老婆,我们心疼不满。*

无论什么游戏,谷风总是能打败她,一直都是这样。姑娘一下坐在谷风的旁边,一副责备谷风这么晚才叫她的模样。谷风把嘴贴在女孩的耳边,轻声说了些什么。

林芝没有和女孩打招呼，没有表情地在自己面前整齐地把五个杯子一字排好，然后正准备倒酒，酒壶就被谭平抢了过去。

不满"本满"？

他一次把五个杯子都倒上酒，但每个杯子都只倒了一半。林芝有些生气，边把每个杯子倒满，边对丈夫说："这酒不倒满，留着养金鱼啊？"

KTV里的歌声越来越大，林芝站起来，用喊叫的声音对女孩说："来，石头剪刀布，就一局，谁输了，谁就把这五杯都喝了。"女孩当场就蒙了，她在纳闷，自己刚坐下，怎么就惹到了这位神仙？

跟你没关系，是神仙在跟自己打架。

谭平站了起来，他轻声跟妻子说："我找不到卫生间，你陪我去一下？"林芝还没有来得及说话，谭平就搂着她的腰，走出了包房。

刚出房门，谭平就停住，温柔地把林芝的手压在走道的墙上，就像是一头猛兽把一只小鸟按在手心里，他贴着妻子的脸，低声说：

"怎么，今天要三打白骨精？"

林芝本来心烦意乱，却一下噗地笑了出来。

谭平又说："但是闻过你脚臭的那个朋友可不像吃素的主。"林芝眼珠一转，想了想说："师父，现在是我们一道西天取经，关他何事？"丈夫知道林芝已经放松了下来，便放开了她的手。林芝搂住丈夫的脖子，死死地挂在了他的身上。

KTV 的过道里，至少同时响着三首歌，每一首都是不一样的心情。

谭平本来是闭着眼睛享受这一刻妻子的柔情，却被从包房出来的谷风撞个正着，他便像赶时间一样，说了一句："夫人放心，我保证取经路上一定不会有妖怪。"

谷风装作什么都没有看见，径直朝卫生间走去。林芝又笑了起来。　　　最后一只妖怪也"尿遁"了。

KTV 散了，一群人向电梯走去，大家都一副烂醉的模样。林芝牵着丈夫，那第三个妖精挽着谷风。林芝和谷风，没有握手，没有拥抱，没有说再见……

那天晚上回到家，林芝一碰到床就睡着了。谭平给她脱了鞋，褪去了外衣外裤，还用热毛巾轻轻地帮她洗了脸，还顺便擦了擦她的双脚。

热毛巾比酒精更适合擦脚。

他的鼻子几乎贴到了她的脚趾，猛吸了两口气，双脚上有袜子的棉布味道，却一点臭味也没有。

放心吧，他们的惊涛骇浪已经过去，你们的细水长流才刚刚开始。

那天晚上，谷风把女孩送回家，自己去了外滩，在凌晨的黄浦江边走了许久。他想起了以前和林芝的许多事，初见的那次展览，林芝家里的烛光晚餐，潜水时的密集鱼群，寂静山顶的橘色日出……

那么多难得的回忆也留不住他的心，说到底，他爱的还是他自己。

↳ 同意。

今晚，他看到了林芝和丈夫选择了她本就该选择的生活，顿时觉得自己与林芝的那些记忆仿佛死灰复

燃了一般焕发出一种别样的光彩。〔自己脚下的泡都是自己走的。〕

〔终于知道珍惜了，可惜错过就是一辈子。〕

但是黄浦江对面的霓虹灯在这个时候已经全部熄灭，只能在黑暗中看出高楼鳞次栉比的轮廓，可能是喝得太多的原因，谷风怎么看都看不清楚。

后来的一次酒局上，林芝跟朋友说起了这个"三打白骨精"的故事。她说自己当年选择等谷风的时候，有朋友骂她，有朋友劝她，也有朋友随她。〔何必劝、骂呢？都是经历。〕

经历过谷风，她终究明白了一个道理：一个人的一生里，总要干那么几件以后不后悔的事情，比如等待一个不知道会不会向你走来的人，比如守护一份别人可以不信但自己要坚信的爱情，比如期待一个你希望会好但结局不一定如愿的未来。

〔比如回到生活的正轨。每个女孩都经历过吧，经历过才不后悔。〕

林芝说 KTV 那晚的第二天早上，她把书柜上已经落灰的《西游记》拿出来，重新看了"三打白骨精"的那一章。

关于这个故事，后人改写、编纂、恶搞了那么多的版本，添加了那么多的细节，塑造了那么多不一样的白骨精。"白骨精"本就代表着欲望，一千个欲望，就有一千个"白骨精"。

电影里、电视剧里、其他文学作品里，白骨精以白衣美人的面貌出现，以烈焰恶魔的面目出现，以重情重义的面目出现，以渴望爱情的面目出现，但原著里，白骨夫人诡计多端，就想吃一口唐僧肉。

谁是唐僧肉？

还有，无论电影、电视剧拍得多长，改编剧本有多厚，在《西游记》原著里，这一章一共就寥寥十二页。

隔离时期的爱情

1　如果明天是世界末日

妻子："我们离婚吧。"

丈夫："什么？"

妻子："我说我们离婚吧。"

丈夫："为什么？"

妻子："我在想，如果明天是世界末日，我想死在一张床上的人真……不是你。"她略过了一些脏话。

那也用不着离婚吧？
你可以自己换张床啊。

丈夫："你疯了？"就是，明天才不是世界末日。

这段对话发生的时候，夫妻俩刚睡醒，都还没下

今天的起床气有点刚。

床。甜甜在丈夫的追问下抛出的这个"世界末日"假设,像两记响亮的耳光,重重地扇在了他们两年的婚姻上。 *婚姻不是爱情的坟墓,离婚才是。*

从结婚那天开始,甜甜和陈康就搬进了这间上海静安区的房子。每个早晨,甜甜就像一颗围绕恒星转动的行星,轻轻掀开被子,蹑手蹑脚地下床,不吵醒还能再睡半个小时的丈夫。静音模式里,变着花样的早餐出现在餐桌上,搭配好的衣服熨好后挂在衣架上,咖啡是手冲的。陈康每天早上七点四十起床,在井然有序中,洗澡、喝咖啡、吃早餐、穿好衣服上班,全部加起来只用二十分钟。

家庭主妇:放心吧,对男人来说,家务的声音就是白噪声。

这样的日子在一年前被彻底改变了。疫情让大多数人都被困在家里,甜甜突然发现原来她与陈康之间的许多好感都来自距离。突然被"囚禁"在这一室一厅的空间里,无数问题都爆发出来。
行星离恒星太近,会爆炸的。

陈康无休止地在家里办公,忘记纪念日和节日,甚至会在买菜时往篮子里放入甜甜最讨厌的茄子……

> 难道不是疫情之后更忙了吗?
> 24小时 stand by（随时待命），留给生活的脑子更少了。

如果说疫情前所有的问题都可以用丈夫太忙或者妻子很懂事来解释，那么疫情之后的隔离生活则让甜甜再也找不到任何理由为自己失败的婚姻处境开脱。"你当初嫁给我的时候，就知道我不是一个对这些事情上心的人啊。"有一次陈康终于忍不住，说出了这句话。

他们的婚姻被分成了两半，前一年叫新婚，后一年叫隔离。

但是现在，疫情渐渐缓解，陈康也开始上班了，他本想着生活可以回到原来的正轨上，不料一切累积的怨气和委屈在这个早上以"世界末日"的面目出现，"离婚"这两个字第一次出现在两个人的对话里。他把头低了下去，说："宝贝，我妈就那样。刀子嘴，豆腐心。"

> 疫情让我们明白，"永远"和"在一起"只能二选一。

甜甜的两只手紧抓着被子，手指陷了进去。陈康坐起来，和妻子面对面："我知道，疫情这段时间，不少人在家里憋着都憋出孩子来了，我妈确实是着急了些。"甜甜还是一个字不说。陈康还是一个劲儿解

> 丈夫需要调整的是自己。

释:"相信我,我可以在中间调整好的……"

甜甜一点回应没有。陈康看了看墙上的钟:七点五十分。餐桌上空空如也,开水壶里没有热水。他下床,向浴室走去,拖鞋在地上狠狠地砸出声响,他边走边说:"姐,疫苗都出来了,人类不会有事的。我要迟到了。"

> 哥,疫苗这么难都出来了,您能简单烧个水吗?

他打开花洒,把头凑了过去。他想,或许甜甜和很多人一样,被疫情憋疯了。

疫情这一年,有人在家疯狂造人,有人莫名其妙离婚。最近,有三对朋友做了准父母,另有两对离了婚。陈康没觉得新冠多可怕,倒是婴儿潮和离婚热像是更猛烈而棘手的传染病。

> 医生:为了避免感染这种病,请您及家人屏蔽朋友圈。

世界末日对他来说也像是一个极其准确的比方:自己的事业本来如日中天,但他所在的外贸公司的业务却因疫情而断崖式下降,妈妈突然中邪似的催着他和甜甜要小孩,甜甜的爸爸在疫情暴发之后一个

> 因为她和你的老板一样,觉得你在家无所事事。

· 081 ·

月因脑瘫去世,那只他们养了两年的狗在一个下午走失…… *从祸不单行到蝴蝶效应。*

他总觉得两个人在一起对付这个世界。上海不是一个温柔的城市,要在这里有自己的生活,就像要在这里拥有自己的房子一样,不是随随便便就能行的。他也没弄明白妻子为什么在"世界末日"来临之际淘汰了他,他一直是支撑起这个二人世界的柱子。

不是"世界末日"淘汰了你,而是你的裂痕导致了"世界末日"。

陈康擦干了身子,裹着浴巾走了出来。衣服熨好了,咖啡煮好了,甜甜像个机器人一样,正在把一个做好的三明治放进打包袋里。一句"谢谢"从陈康的嘴里蹦了出来,甜甜也惊了。她魂不守舍地说:"我会经常想起跑跑走丢的那个下午。"跑跑就是那只走丢的狗。

陈康走过去,双手搭在她的肩膀上,说:"我们说好了不再提跑跑的。我要迟到了,我真的得走了。"陈康深深地在妻子额头上吻了一口。甜甜在丈夫打开门的瞬间把对话又拉回到起点,说:"离婚的事儿等你下班了再说。"

陈康头也没回,带上门前,他丢下一句话:"我可以忍受你任性,但我不喜欢疯女人。" 撒娇和作,一念之间。

> 这句太居高临下了,男人总是用自己的承受力去区分女人的任性和发疯,一切都是女人的问题,而不是他脆弱的承受力。

甜甜回到床上,想睡个回笼觉,却怎么也睡不着。一个月前的那个下午像幻灯片一样自动在她脑海中闪回。

那天她出去倒垃圾,回到家就发现跑跑不见了。刚开始她以为跑跑只是在家里躲了起来,便先关了大门在家里找。直到家里的每一个角落都找遍还是未果,她才疯了一样冲出家门,整个楼道都是"跑跑"的名字。她打电话给丈夫哭求,陈康立马就请了假回来陪着她一起找,但最后也只是徒劳,跑跑不见了。

他们调取了楼道的监控录像,跑跑是自己跑出家门的,它随即进了楼梯间,离开了监控范围。但是当大门口的监控录像被调出来时,却没有发现跑跑的踪迹。"这绝对不可能！"甜甜蹲在监控室，盯着大门口的监控录像足足看了三个小时，最终还是没有找到。

陈康没有认识到一个严重的事实，于甜甜而言，她对于这个家庭的信任和对丈夫的激情也跟着那只狗一起从家里走失了，那就是"世界末日"的起点。

你俩爱情的纽带是条狗？

把对家的信任和对丈夫的激情押在狗身上的那一刻，才是"世界末日"的起点。

2 全世界都在生病

跑跑在走丢前就出现了很多反常的举动，它会突然大叫，怎么哄也哄不好；它会常常心驰神往地望向窗外；它总是躺在自己的窝里，一待就是大半天……兽医说它得了严重的抑郁症。陈康和甜甜当场都傻了，但是原因不一样。

是不是因为觉得对它好，所以给它做了绝育？
天下父母：我都是为了你好。

甜甜惊讶：怎么可能？我们对它那么好，它还能得抑郁症？陈康惊讶：狗居然还有抑郁症？

陈康+1 想不到吧？
大部分宠物狗还有"不孕不育症"。

甜甜重复做着同一个梦，她梦见自己就是跑跑，她自己跑出了家门,然后进了楼梯间,不停地下楼梯,但是那个楼梯永远没有尽头。她主动提出要去看心理医生,但是结果让她大失所望。医生认为她只是过度感伤:"想开一点,高兴一点。"

→ 听说没得病,更加想不开了。

这对于陈康来说是一个好消息,他终于把一颗悬在空中的心放下来了。他非常讨厌医院,更讨厌等待诊断的过程,他自己在不久前的体检中查出了一大堆毛病,严重谈不上,但就像是一颗颗不定时的炸弹,也不知道什么时候会爆。

家里生病的还有陈妈妈,甜甜觉得是更年期综合征。疫情出现之后,陈康的妈妈突然跟变了一个人似的。从前她也是刀子嘴,豆腐心,但是最近,她经常会突然发火,而且一次比一次难收场。最让甜甜难以接受的是婆婆开始有了一种对于抱孙子的执念,这让他们的家庭聚会像一次次的鸿门宴。

是不是不能跳广场舞憋的?

估计是其他舞伴没事干,在舞群里晒孙子。

有一次晚饭,陈爸爸做了一桌子甜甜爱吃的菜,迎来的却依旧是陈妈妈几十年如一日的抱怨:"你爸

那这鸿门宴很好吃啊。

什么都不行，就做饭行。都怪我死要面子，要是当初准他开个饭馆，他现在应该是一个名厨了呀。"甜甜一边把盛好的饭双手递给婆婆，一边说："妈，我做梦都想嫁给爸这样的男人。陈康，你学一下！"

（甜甜还是一个非常暖的女孩嘛。）

妈妈却愤愤不平："别！儿子，你爸爸没有什么好学的，胸无大志，一天就知道过日子。还好你不像你爸爸这样。""很少有人能像爸这样。"甜甜和婆婆的对话也总是这样。（是，你儿子金饭碗是有了，但他热水都不会烧。拿个金饭碗，吃顿西北风。）

"之前吧，觉得你们才结婚，也没说什么。现在你们结婚也两年了，疫情也一年了，爸爸妈妈身体一年不如一年……"

陈爸爸想换个话题，插话道："跑跑还是没有找到吗？"陈康妈妈一掌拍在老头子胳膊上："抱孙子是我一个人的任务吗？两个人都过了三十五岁了，加起来都有七十岁了，到底是狗重要，还是孩子重要？"

陈康见状想把话题继续带偏："爸，妈，我和甜（没想到带进了决赛圈。）

甜想着再养一只狗……"他在那个"狗"字上出现了一个破音,是因为甜甜在桌子底下使劲掐了他的大腿,但还是没有拦住。果不其然,陈康妈妈发飙了。"不准再养狗了!"她右手一挥,"你们把狗当孩子,这算什么事儿?现在孩子都不想要,要什么狗?你们对那只狗好不好?到头来,还不是白眼狼,它是自己跑掉的呀!"老太太,万幸跑的不是您孙子。

跑跑是甜甜的底线,她啪一下站起来:"谁说它自己跑掉的?"

陈康妈妈一股气冒到头顶:"你自己出去丢垃圾,回来它就不见了,不是自己跑掉的是什么?"

↘ 不然还能跟老伴火拼是怎么着?

陈爸爸一直就惯着他的老伴儿,这时候本该是沉默不语,但老头子却开启了一个话头,说:"甜甜,爸爸——"陈康打断了爸爸,放下筷子,对甜甜说:"你先回去吧。"

甜甜一脸惊讶:"我先回去?"陈康回答:"对,

> 好像闻到了一点妈宝的味道。

你先走。我留下来陪爸妈把饭吃完就回去。"甜甜起身,到沙发上把自己的包拿上,几步跨到门边,开门,出门,轻轻地关上门。 > 这一整段划重点,后边要考。

陈康和爸妈在屋里听见门把手从外面被旋转了好几次。自从跑跑丢了之后,甜甜心里多了一道坎,门关得再实,她也要再三确认几次。如今在陈康爸妈家的门外,还是这样。 > 人类的强迫症都是被这个世界强迫患上的。

在跑跑走丢的那个星期,陈爸爸在医院被诊断出肺癌中晚期,他不愿意告诉自己的老伴,至于甜甜,那是陈康的坚持:"爸,您的病,暂时别让甜甜知道,她最近精神状态非常差,再加上……"陈爸爸手一挥,儿子不用把话说完,他都懂。

> 其实谁也不知道明天和意外哪个先来。

> 陈康也不容易,甜甜只看到了"世界末日",却没有看到支撑世界的支柱为何崩塌。

3 隔离时期的爱情

轮到陈康和甜甜的时候,民政局的办事大厅窗口后面的小姑娘一脸憔悴,拖着声音问:"我能去上个厕所，喝口水吗？"

那个姑娘回来后，用一种很机械的声音说："你们肯定已经知道了，目前根据《民法典》的规定，如果你们决定离婚，我们将为你们设置一个为期一个月的冷静期，希望你们在这个冷静期里好好想想。"

> 建议结婚之前也设置一个月的隔离期，捆绑一个月，满意再签约。

他们俩没多说什么，便按照姑娘的引导，填了一些表格。

两个人走出民政局的时候已经是黄昏，甜甜坐进副驾驶，陈康准备发动车子，他们要回家了。甜甜一把挡住陈康要拉手刹的动作，说："其实它已经跑出去过好几回了。"陈康一脸困惑："谁跑出来？什么好几回？"

甜甜的眼泪整颗整颗地掉下来："跑跑。趁着我倒垃圾的时候，好几次我在走廊上看见它东张西望，但是我没有留意……"

> 听说狗狗知道自己快死的时候，会离家出走。

陈康眼神犀利起来,他几乎快要爆发,但还是控制了下来:"甜甜,别这样。今天是我们离婚的日子,难道我还比不上一只狗吗?为了它,你哭了那么多次,但是却不见你为我们掉过一滴眼泪。"

<u>有些眼泪蒸发在了日日夜夜里。</u>真是人不如狗。

陈康把手从手刹上拿开,双手放在方向盘上。甜甜的眼神也锐利起来:"你说你爱跑跑,对吗?"陈康不耐烦起来,反问:"我还要再说多少次呢?"

女人杀手锏:"说,你是不是不爱我了!"

"很好!"甜甜像是一张拉到极限的弓,她问陈康,"你爱它,很好。那你知道跑跑喜欢在哪里便便吗?你知道宠物店里,它最喜欢哪一个小姐姐给它洗澡吗?你知道跑跑最喜欢小区里谁家的狗吗?你知道它不能吃哪一个牌子的罐头吗?"

陈康定在那儿,他自己都疑惑了,好像应该每个问题都知道答案,现在却一个问题都答不上来。他不知道,跑跑最喜欢在弄堂口的那棵梧桐树下便便;他不知道,跑跑最喜欢宠物店里那个黄头发的强壮大姐姐;他不知道,跑跑最喜欢去闻一只叫妞妞的泰迪的屁股；他不知道，跑跑一吃鱼罐头就会不住地呕吐……

陈康放下手刹，发动了车子。甜甜还是忍不住说了下去："你有什么资格说爱它？你有什么资格说爱？"旁边的自行车一辆一辆地超过他们，车子像载着两个幽灵，一路上，车内没有一点声音。

这一路上，甜甜都挣扎着要不要把原本准备好的另外的问题都问出去，那些问题不再是关于跑跑，而是关于她自己。

比如：她月经是什么时候来？她究竟是不喜欢茄子，还是对茄子真的过敏？她到底喜不喜欢小孩？但到最后，她都没有问出来，因为她害怕，她害怕陈康还是一个都答不上来。她不知道应该怎么去解释，女人们总是用"他不够爱你"来解释这样的场景，甜甜不是那些女人，但是现在，她觉得自己就快要变成那种她讨厌的女人了。

> 可是爱一个人并不是去了解她的全部，而是不完全了解也不妨碍去爱她。

甜甜那晚就收拾行李，搬了出去。临走前，她丢下几个问题："陈康，如果，我是说如果，我们有了小孩，你会感兴趣他喜欢吃什么，喜欢喝哪一种奶，喜欢什么运动，到底爱和谁一起玩吗？"

> 你用孩子和狗做类比？
>
> 奶爸：我相信会的。虽然都是孩子，但父亲和主人是完全不同的身份。男人对待宠物的态度，甚至对待其他孩子的态度，都无法与他对待自己孩子的态度相提并论。

一个月后的一个早上，两人在民政局领了离婚证。中午，甜甜来到一家川菜馆，陈爸爸在前一天约了这顿午饭。甜甜到的时候，老人已经在窗边的位置上向她招手了。甜甜坐下，发现菜都已经点好，而且全部都是她喜欢吃的。"爸，陈康有您半分就好了。"甜甜坐下。老人回答："陈康不知道我约了你，别告诉他。"甜甜连忙点头。

"甜甜……"老人欲言又止但还是说了下去，"你们已经离婚了，你不再是我的儿媳妇了，那我们就算朋友吧。有件事我想告诉你。大约两个月前，我查出了肺癌。""不是普通的肺炎吗？"甜甜惊讶地问。

老人解释："肺炎是骗你的。医生说是中晚期，

> 越长大越明白，需要的不再是疯狂的爱情，而是可以一直陪伴我的家人。

差不多还有两三年吧。这时间挺尴尬的。剩的不多，但也死得没那么快。"

"爸，你千万别这么说。"甜甜赶紧安慰道。老人用感叹的语气说："我最喜欢听你叫我爸，特甜。"

> 即使离婚，这样难得的家庭关系不会离吧？散爱情，不散亲情。

"妈知道吗？"甜甜问。老人赶紧比了个"嘘"的手势："不能说，她那性格……"甜甜埋怨道："那你怎么不早点告诉我啊，爸。这么大的事儿。"老人回答："陈康不让说。"

窗外是个阴雨绵绵的中午。辣椒炒肥肠上桌，老人夹起来，放到了甜甜的盘子里："陈康说，跑跑对你打击很大。而且，你是一个善良的女孩，如果你知道了我的病，肯定会迁就我，不顾自己本来的人生计划。你爸爸是那么宠爱你，你从小就自由惯了，什么事情都是自己做主。如今他不在了，陈康觉得我们不能胁迫你。所以，我只能在你们真的做了决定以后来告诉你这个。女人嘛，总是怀疑自己的男人是不是爱

> 能做这两个爸爸的女儿太幸运了。
> 宽容才是父母给孩子最大的财富。

> 其实他们只是不懂怎么用女人希望的方式表达爱，因为男人至死是呆子。
> → 什么是爱？！什么是爱？！

· 093 ·

得不够。我可以很认真地告诉你,陈康非常认真地爱过你。"老人说着,笑了起来。

"但自从我清楚地看到了鬼门关就在那儿,我也变了,变得和大多数人一样。我真的很抱歉。其实我们不一定就是要抱孙子,你突然要离婚的决定也叫醒了我。既然你们俩已经做了决定,我想说,你在这世上还有一个爸爸,无论发生什么,都把我当作你亲爸爸一样。"泪目,冲这样的爸爸也不能离啊,过了这个爸,没这个爹了。

甜甜一边流眼泪,一边大口大口地把饭往嘴里送。老人放慢了语速:"每个人爱别人的方式都是不同的,希望接受的爱也不同。我们家两代人正好错了位。你妈妈想要的是陈康这种不拘小节、事业成功的大丈夫。但我明白,你想要的不是遥不可及的东西,而是生活上的感动和体贴,是眼前的小确幸和满足,就像我给你妈妈的一样。"

我们无法祈求一切都是最好的安排,但我们可以相信,一切都是接近最好的安排。

甜甜不敢看老人的脸,却突然想起了那天晚上的事,问道:"爸,所以那天晚上……"老人很欣慰,甜甜很聪明，一定会自己发现的。爸爸说："那天晚上，我差一点就忍不住了，正当我要说出来的时候，陈康不是就把你支走了吗……"

> 陈康可以平反了，虽然他不勤劳、不温柔、不体贴，但他是个好丈夫。

陈爸爸说着停了下来，甜甜放下筷子，擦干眼泪，从嘴角挤出笑容对老人说："爸，是不是挺好玩的？新冠把大家折腾得够呛，咱们家没一个感染的，却都病了，还把生活弄得一团乱麻。"

> 都是心病！

陈爸爸也笑了："有太多事情都比新冠严重，只是没有新冠，我们看不见。"

> 疫情给生活蒙上了阴影，我们在阴影里看清了生活的底色。

两个人离开川菜馆的时候，雨还没有停。

老人特意又嘱咐了几句："你养只猫吧，你的爱太浓了，当猫奴锻炼锻炼什么叫过犹不及。"甜甜撑着伞，走在雨里，却不知道自己现在到底在哪儿，又将要往哪里去。

> 这主意不错，猫的喜好别说陈康不知道，甜甜自己都不知道。

> 有些事，我们总以为来日方长，却忘了世事无常。

4　如果现在是世界末日

中午和陈爸爸吃完饭，甜甜一直觉得不自在。晚上，甜甜一个月来第一次推开曾经的家门，陈康躺在沙发上，打着呼噜。旁边的茶几上，有五六个清空的啤酒瓶。自从妻子搬走后，很多个夜晚他都会把自己灌醉，索性就睡在沙发上。不全怪离婚，全世界老婆不在家的男人都这德行。

甜甜把刚买的红酒放在餐桌上，蹑手蹑脚地走到陈康面前，突然用浑身的力气摇醒了前夫，用惊慌的神色叫喊着："地震啦！地震啦！"陈康连忙起身，拽着前妻，不分青红皂白就往大门跑，在转动门锁的同时几乎是把门撞开的。甜甜感觉自己的手腕一阵剧痛，前夫把她的手腕锁得死死的，这样的力度留下瘀青都有可能。

怎么能和这样的男人离婚呢？这逃生水平，为了世界末日也得嫁啊。

陈康跑得太快了，甜甜跟不上他的脚步，一直在跟跄，膝盖和屁股一路不是擦到墙，就是磕到走廊上的装饰台，痛得她直叫唤。

> 这才是男人的爱，不拘小节，万无一失。

突然，陈康一个急刹车，在楼梯间停下来，他对甜甜说："你等等！跑跑还在家。"便飞快地折回去。甜甜等了半天，也不见陈康回来。当甜甜回到客厅的时候，她发现前夫蹲在地上，抽搐着，模糊的语句在哭腔里颤抖着："这样有意思吗？好玩吗？" 好痛。

> 陈康：你礼貌吗？

甜甜却忍不住发出了笑声。陈康说罢，嗖的一下起身，把甜甜整个身体环抱着举起来，佯装就要往地上砸，甜甜疯狂地求救。

接着，陈康开始疯狂地亲吻甜甜的头。甜甜感觉自己的头发很快就湿了，也不知道是鼻涕、口水，还是泪水。甜甜把两只手环住陈康的脖子，抱住了他，陈康还是哭个不停。 洗脸式接吻。

> 心若一动，泪就千里。

当两个人都筋疲力尽时，陈康瘫倒在沙发上，没理会妻子。甜甜从餐桌上的袋子里把红酒拿了出来，打开，倒进两个杯子里，坐到陈康身旁："起来，陪我喝一杯。"

没说前妻，看来有戏。

· 097 ·

陈康没好气:"喝个屁!"甜甜没有理会他,说:"如果现在就是世界末日……"陈康从沙发上弹起来说:"闭嘴!"

甜甜把酒杯里的酒喝下了一半,说:"我今天中午和爸吃了一顿饭。"

陈康疑惑:"我爸?"甜甜翻了个白眼。陈康问:"爸爸跟你说什么了?"甜甜把另一杯酒拿了起来,说:"说了一些可能会改变我的话,我现在还不知道。"

陈康一口气把酒全部干了下去,问:"你要什么时候才知道?"甜甜也把酒干了,说:"世界末日真的来了的时候?" *如果现在是世界末日,明天将会有新的世界。*

陈康笑了,在笑声里丢出一句响亮的话:"那还早着呢。"

和世界末日一样早吗?

婚姻登记处要加工作量了。

星巴克杯里
的莫吉托

如果说鸟鸟像一只定时起飞、定时降落的候鸟，那宇成就是那种从土里长出来的地鼠。鸟鸟希望人生有目的、有规划，所以脚踏实地出国留学，努力打拼；而宇成则把人生信条埋进土里，一切都要顺着阳光、顺着时令、顺着心情。

在他们初遇的时候，鸟鸟是被宇成打败的。

鸟鸟和我是老朋友了，这个姑娘干练而且有上进心，当时在北京一家外企做管理，去大理旅行的时候遇见了宇成，一见钟情。大约三年前，我第一次见到鸟鸟的男朋友是在大理，当时是一场我们一群流浪酒徒的例行酒局。宇成是云南人，在昆明读完大学混了几年之后闻着慵懒的气息一头扎到大理，在那儿开了一家民宿。因为他有品位，人又仗义好客，生意十分红火。"酒肉朋友好，酒肉在，朋友在"是他的口头

这种病在哪儿能得？很急，在线等。
（来自每天"996"顶着黑眼圈法令纹的打工人）

禅。宇成的慵懒和快活像一场传染病，鸟鸟一个星期就病入膏肓了，回到北京便辞了工作，也一头扎进大理。两个人，一间客栈，苍山洱海，不甚逍遥。

鸟鸟在大理待了两年，那段时间我常去，每次喝酒，我都想掐死宇成这个家伙，他何德何能拥有鸟鸟？

这种人应该被全国单身人士轮掐，一人掐套"马杀鸡"。

他还没伸手，鸟鸟就能把他心里想要的东西送到跟前；他还没说话，鸟鸟就能明白他的意思。照顾起居倒是其次，鸟鸟在的那两年，民宿管理得当，市场营销稳步推进，不少投资人登门拜访，主动送钱。但这也正是宇成郁闷的地方："本来只是想着有一间客栈，朋友来了有美酒，美女来了有帅哥。现在可好，光是商业企划书就一大堆，更别提什么投资人，年度财报……" *卖乖界的"凡尔赛"选手。*

鸟鸟是个智能音箱啊！
"鸟鸟同学。"
"哎！"
"把那个什么拿过来。"
"好的。"

面对宇成的抱怨，鸟鸟从未哼唧一声，她了解这个男人，更了解自己。身边的人都为鸟鸟不平，感觉宇成是躺在家里就爱情事业双丰收的人。

正义的外衣，嫉妒的内心。

客栈是比原来规模大了，装潢更精致了，但是流浪酒徒的聚会气氛一点没变，照样是疯子们"群魔乱舞"，从早上喝到早上，从夜晚喝到夜晚。

> 健身教练：
> 喝得这么定时，这批酒徒比我还自律哦！

> 我还要再high三天三夜，根本不可能喝醉。

大约是去年，鸟鸟劝宇成把民宿卖了，能拿不少钱。大约是候鸟已经领略了南国舒爽的春夏，是时候启程远飞了。嗯？候鸟不就是奔着春夏飞的吗？

> →候鸟也是要回家的。

于鸟鸟而言，大理的时光常去常有，但大千世界的时光可不等人。宇成也想着自己不能一辈子困在彩云之南，于是，地鼠跟着候鸟搬到了北京。

> 候鸟忘了地鼠是不会迁徙的动物，寸步不离，也会寸步难行。
> →同意。

回到北京后，鸟鸟凭着自己的海归学历和工作经历再次找到了一个德国外企的管理岗位，而宇成则在北京操持一些云南的茶叶和特产生意。

出于工作关系，她要经常往返于北京和法兰克福，宇成每次都默默陪着。鸟鸟工作，宇成闲逛。他们不愁钱，可鸟鸟却愁未来。

> 硕里：已经不是散沙了。

> 你俩这"凡尔赛"看得我也挺愁的。

我和他们更是常聚常喝。宇成是个没有时间观念的家伙，你说九点开始，他十二点起算，甚至当晚出不出现全靠心情。

> 打工人：毕竟做过老板嘛，老板就是除了下班准时喊你加班，其他都不准时的人。哈哈哈。

鸟鸟依然迁就着他，无非是在朋友抱怨的时候跟着应和几句。跟这俩人，我们都只说地点，不说时间。爱几点来几点来，不来就拉倒。

今年生日，鸟鸟送了宇成一块手表。她明明知道，宇成从来都不戴手表的。

在一起三年，鸟鸟的每件礼物都能送到宇成的心坎上，她了解这个男人的品性和喜好。但是今年不同，鸟鸟需要这个男人从这块突如其来的手表中明白：他们的生活来到了一个十字路口，是该想想未来的朝向了。宇成却当着朋友的面打趣："经常看手表的人，不一定就拥有美好的时间。"

> 但你看一眼手表，等你的人就能拥有美好的时间！

几个月前，两人突然宣布分手，大家都知道是鸟鸟提的，但聊起原因，谁都不愿意说。

我知道鸟鸟得到了去德国总部工作的大好机会，她想带着宇成一起去欧洲，但是宇成没有如此长远的人生规划。在北京的日子就已经是他做出的最大妥协了，更别说去一个语言不通、无亲无友的地方。

没有理由，他就是不想。

→ 这是不是以离职要求涨薪？

分手后，鸟鸟毫不犹豫地搬了出去。他们两人的生活就像是已经相交过的两条线，自交点之后，只能是越来越远。

人生不是直线，而是曲线，这样我们才会期待重逢啊！

鸟鸟把全部的精力都扑到了工作上，再也没有参加过任何酒局，仿佛戒了酒，每日精进，准备赴欧。而宇成则沉迷酒局，甚至改掉了喝酒迟到的毛病。

反向改正了属于是。

宇成：所以你们知道之前迟到是谁的问题了吧？
鸟鸟：滚！

每次聚会，我们人刚到，他就已经烂醉如泥。一米八五的大高个每次都喝到不省人事，我们只能轮流值班，谁碰上他谁倒霉。那还不是因为你们只告诉他地点，没告诉时间？

这酒怎么还喝出了加班的感觉？

酒精的副作用开始在宇成身体里肆虐，我们把他拉入酒局黑名单，不准他再喝酒。在泰国的一个朋

与此同时，熬夜的副作用在我们的身体里肆虐。

→ 其实是你们熬不动了吧？

友邀请宇成去普吉海边散散心,也散散酒。而与此同时,鸟鸟去德国的日期也逐渐临近。在他的一再恳求下,一个姐们儿答应会帮忙打听鸟鸟的航班信息。

他们分手三个多月后的一天,他买了一张去泰国普吉的机票,同时段也有一班去德国法兰克福的飞机,鸟鸟就在那班飞机的旅客名单上。

> *成年人的漫不经心里,全藏着小心翼翼,武装成隐形的战衣,然后展示着国王的新衣。*
> ↳ *是的呢!*

宇成带着一副漫不经心的模样早早来到机场,锁定了法兰克福那班飞机的值机柜台,便开始在那个柜台旁边等候。那天的首都机场出发层,所有的人都在等飞机,只有宇成不同,他在等一个人。

终于,他在航班信息牌前看到了鸟鸟。宇成看惯了鸟鸟的职业套装,雷厉风行,走路带风,而现在的她却是一身白色的宽松连衣长裙,一件蓬松的外套把她玲珑的曲线藏于其中。宇成觉得鸟鸟因此更加性感,得不到的永远在骚动。……*骚动的是幻想。*

一百天。不需要提醒，宇成就能立马辨认出这一天的意义，距他们正式分手整整一百天。

宇成慢慢地走向她，可她好像早就注意到了他。

当距离恰到好处的时候，鸟鸟转过头，不带丝毫衔接，拍了拍宇成的肩膀："这场大雪下得好讨厌，我的航班延误了两个小时。"

<small>面对面拍对方肩膀撒娇是什么操作？</small>

<small>→有预谋！有预谋！</small>

<small>还以为白色的宽松连衣长裙是夏天。</small>

宇成像是被一道雷劈中一般，心怦怦怦地蹦跳起来，缓过神儿，他说："这场大雪下得好是时候，过了安检后一起喝杯咖啡吧。"

他们来到星巴克，宇成绅士地去点咖啡，鸟鸟安静地坐在桌边等他。十分钟过去了，不但咖啡没有来，收银台也没了宇成的身影。"这个家伙还是那么不靠谱！"鸟鸟暗自抱怨，却不想错过和旧情人的重逢，打消了离开的意思。

<small>不用问，他肯定去搞什么自我感动的小惊喜了，男人都喜欢这招。</small>

又过了十分钟，宇成拿着两杯咖啡再次出现，坐

<small>我的天哪，这是下妻去了吗？</small>
<small>→别啊！</small>

· 106 ·

定下来，没有任何寒暄，他把咖啡递给鸟鸟，举起杯："来，为这次神奇的重逢走一个！"鸟鸟做了个鬼脸："怎么？还要以咖啡代酒啊？"宇成也做了个相同的鬼脸："怎么？不给面子啊？"

两人碰了杯，鸟鸟正准备喝，却被突如其来的一股冲劲儿呛到了鼻子，她又仔细闻了闻："你这是在这咖啡杯里调了一杯莫吉托吗？"

真有你的！新瓶装旧酒。
有点不搭，但是又很搭的感觉。

宇成大笑起来："买酒的超市又不能喝酒，只能在星巴克挂羊头卖狗肉了。"鸟鸟止住了咳，抿了抿，是宇成的手笔："这莫吉托里的朗姆酒和苏打水好弄，青柠、柠檬和白砂糖你从哪儿搞的？"

宇成努出一副无辜又天真的神情："我逢人便说自己的女朋友是如何狠心抛弃我远走他乡，路人看不过，就都给我了……"

星巴克服务员：
为什么不问我要？我哪样没有？

鸟鸟一巴掌拍在这个男人的胸口上："他们不是

以为我取关了你，其实我只是点了悄悄关注。

我也想要。 把你拉黑了，不让你喝酒了吗？"宇成脸上露出坏笑："你分得那么决绝，怎么，还暗中打探前男友私生活啊？"鸟鸟移开了视线："谁理你……这位先生，你去哪儿啊？"宇成不依不饶："再装，再装，你不知道啊？"鸟鸟也笑了："这股劲儿，用来规划一下人生多好……" *他不只是没有规划出你想要的人生，也没有规划出你会离开。*

宇成不想继续这个话题，便假装被正在广播的航班信息打扰："我们要注意点，千万不要错过彼此的飞机哟。"鸟鸟露出一个狡猾的微笑："我说，地鼠先生，现在说这样的话也太早了吧。更何况，你错过交通的经历还少吗？"

候鸟开始了。

自告奋勇带路的八成带的是弯路。

她说起了那次他们一起去杭州赶火车的经历。宇成一如既往地掐着点来到昆明火车站，自告奋勇地带路。她一手拖着箱子，一手拿着两人的早餐，一路跟随上了火车。宇成按照车票上面的号码找到了座位，却发现一对夫妇稳稳地坐着。他礼貌地请对方按号入座,对方语气却不怎么中听:"你们哪个座位啊?"

宇成拿出车票,报出自己的座位号,那两人傻了眼:"我们也是这两个座位啊。"

车就要开了,宇成一把抢过对方的票,仔细比对,却发现两张车票上面的座位真的一模一样。正当陷入僵局,鸟鸟猛地把车票夺过去,然后用快哭出来的声音说:"你自己看看,我们的车号不对。这是去哈尔滨的车!"

是火车票字号小的错。

昆明火车站上车不验票的吗……而且,咋就看出是自己错了,对不起我认真了……

宇成一边连忙把票还给那两人,一边冲鸟鸟大喊:"快下车!"鸟鸟一个猛转身,手上的豆浆全部洒在身上却无暇顾及,两人一个劲儿地往车门狂奔。宇成逃出来的时候,车门已经关了一半了。"就是对面那辆!"

满身豆浆的鸟鸟面如枯木:"门都关了,别追了。"两人眼睁睁地看着去往杭州的火车在对面的轨道上急速而去……

往好了想,你俩还在昆明。哈哈。

·109·

咖啡店里,面对翻旧账的候鸟,地鼠似乎并不着急:"那你还记得你是从什么时候开始不提杭州错车事件的吗?"地鼠底气十足地开问。候鸟抓起手边那杯标着"星巴克"字样的莫吉托,佯装要泼到他的身上:"不准提,我不想知道。"

地鼠也开始了。

那是搬到北京后,宇成要回昆明参加一个老同学聚会,鸟鸟阴差阳错地得知他的前女友也在其中,便坚持要陪他去。同学会在周六晚上,但因为鸟鸟周六早上有一个重要的会议,他们只能订当天下午的航班。有了之前的教训,他们打足了提前量出发,是鸟鸟叫的车。

当他们来到 T2 航站楼开始查询航班信息的时候,鸟鸟用快要哭出来的声音大叫:"T3!T3!我们的航班在 T3。" 哈哈哈哈哈。
哈哈哈哈哈。

而当他们奔到 T3 登机服务台的时候,服务人员用一张机器人一样的脸告诉他们，系统在十秒前已经停止办理。鸟鸟当时的表情先是谄媚，求对方通融，未果之后，她的眼睛里充满了杀意，那是他们俩吵架最高峰时她才会有的表情。"十秒钟！就十秒钟！……"

> 这个癖好有点可爱。

宇成曾多次公开表示自己尤其喜欢鸟鸟爆粗口的瞬间，因为这和冷静沉着的鸟鸟太不相配了。最后，因为鸟鸟的失误，他们错过了那班飞机，宇成也错过了与老同学当然也有前女友的聚会。

> 谁能想到，因为错过了和前女友的相会，现女友生气了？
> 哈哈哈。

回忆完这段往事，地鼠表情突然正经起来："现在咱俩都分了，你就承认了吧，你就是故意的。一个从来没有误机记录的人会搞错航站楼，我不信。"

> 学到了一些伎俩！

候鸟翻了个白眼："我没有！"地鼠打趣："就是故意的。"候鸟不依不饶："既然话都说到这个份儿上了，我们就来说说飞车面膜事件吧。"候鸟的好胜心还是老样子，既然是糗事连连看，就必须以牙还牙，还得多打掉对方一颗牙。地鼠无奈地摊摊手,任由她继续说下去。

那是在他们去山西旅行的火车上。鸟鸟没有告诉父母他们要回去的消息,想制造一个惊喜。本来之前就已经上演了飞奔赶车的戏码,他们坐到位子上的时候已经气喘吁吁了。休整了一会儿之后,宇成去了一趟洗手间,回来的时候脸上铺着一张白色的面膜。

> 你俩多出几趟门,准能练成马拉松。

鸟鸟笑得从位子上摔了下来:"你一个大老爷们儿在车厢这种公共场合贴面膜!你怎么想的?"

宇成从来都不贴面膜的,那一天在火车上瞅见女生半开的包里有几张面膜,就突然觉得既然要见未来的岳父岳母,是不是应该显得更帅气一些。鸟鸟不会知道,他在卫生间做了多久的心理建设。他先是把面膜上的那张纸放在了脸上,总感觉不对劲。仔细看包装,才又把已经丢进水池里真正的面膜拿起来敷。后来,鸟鸟的父母那几天根本就没有乖乖在家。他们究竟又错过了。

> 我也干过……很丢人。

候鸟本以为讲到这里,地鼠会借题发挥,责备她破坏了自己见"岳父岳母"的机会,可万万没有想到这时候她有另一个大把柄在对方手上。"小!飞!侠!"当地鼠把这三个字说出来的时候,候鸟已经用双手捂住了耳朵。

半年前的一个下午,宇成在北京接待几个从昆明来的好哥们儿。对,就是之前误机没见上的那几个。他们晚上要去国家大剧院听交响乐,那是鸟鸟的爱好,票是提前很久买的。

本来说好了不喝酒,但鸟鸟因为愧疚,主动帮他们开了几瓶酒,说让他放开喝,一会儿她开车——她平时是不开车的。为了那场演出,宇成其实并没有喝得太多,但也只能坐在副驾驶上。

鸟鸟兴奋地弹进了驾驶座,发动引擎,然后张开双臂大喊:"我是小飞侠!"

宇成只是看到他们的"小飞侠"以飞快的速度向

> 不愧是好哥们儿，从昆明飞过来推车。
>> 哥俩好。

旁边的大坑开去。"方向盘不要打死！"这句话才说到一半，哐的一下，他们就只剩下了一种感觉：下沉。车的底盘磕在了道牙子上。说好的"小飞侠"呢？幸好那几个哥们儿没走，一群醉汉推了好久的车，"小飞侠"最大的功劳就是在旁边喊着口号，顺便加了个油。

他们到达音乐厅的时候迟到了五分钟，但按照国家大剧院的规定，交响乐演出迟到的观众，需要在门外等待上半场结束后才可入内。就这样，他们在门口站了四十分钟。鸟鸟气得不得了，却也不能发泄在宇成身上。后来宇成买小飞侠的书回家讽刺她，结果第二天此书就被鸟鸟扔到了一个再也找不到的地方。

星巴克里，两人说着笑着，整场比赛，地鼠和候鸟，二比二打平。地鼠本来以为候鸟会绝地反击，候鸟却说："这么说起来，我们真的错过了好多事。"

> 最怕假装热闹的两个人，突然一方冷静下来，用没心没肺垒起的心理防线瞬间决堤，在脑海边缘游荡的伤心泛滥成灾。 → 这还行？
>> 上班族：所以请及时复盘。

四周的空气突然凝固了一般，他们俩都不知道接下来应该说点什么。

鸟鸟又轻轻地抿了一口咖啡杯里的莫吉托。"你好像没有原来那么爱莫吉托了。"宇成努力岔开话题。不料鸟鸟却瞬间感情奔涌，居然在一瞬间掉下了几滴眼泪来："我们分手以后，我就再也没有喝过莫吉托了。喝惯了你调的，就总觉得别人调的没有你调的好喝。而且，自分手后，我就戒酒了。"

宇成也愣在那儿，鸟鸟的眼泪还是没有止住："但是今天，又是我和你，我再喝它，总觉得有什么味道不一样了。" *你没变，我没变，但是我们变了。*

宇成当然知道会不一样，但又不想说更多煽情的话惹她伤心，只是淡淡地说了一句："找不到白砂糖，我就往里面放了一些咖啡伴侣……"

→ *捏碎马克杯的星巴克服务员：为什么不找我要？为什么？*

鸟鸟盯着这个放着莫吉托的咖啡杯出了神，仿佛没有听到他说的话。

几分钟后,她也慢慢平复了心情,眼泪也止住了。他们又聊起了还在一起时的很多人、很多事,唯独避开了分手以后的彼此,也就是鸟鸟不再喝莫吉托的这一百天。不,是她不再喝酒的这一百天。

没人爱喝酒,人们爱的只是一起喝酒的人。

两个小时一晃就过去了。机场的航班广播也依次念出了他们的航班。两个人一直聊到登机的最后一次广播才起身,宇成帮鸟鸟推着行李箱,一路走向那个必须分岔的路口。终究两个登机口分别在不同的方向,而他们要再次说再见。

曾经也许诺过永远在一起吧?多待一秒,就离那个无法到达的永远近一秒。

"死候鸟!"在鸟鸟转身背对的那一秒,宇成叫住了她,因为他很想知道一个问题的答案,"我们真的就要这么错过了吗?"

宇成从来没有想过他们就这样错过,这段时间里,他无数次动过和鸟鸟一起去德国的念头,却一次次被自己的怯懦打败。*别着急,每个男人都会遇到需要打败自己的时刻,这是属于男人的第三次发育。*

宇成接着说:"我们在一起的时候错过了那么多,

都没有错过彼此,你就真的不能留下来吗?"鸟鸟的眼眶又顷刻间湿润了:"宇成,这么说有点矫情,但我还是得说,不是我错过了你,是你错过了我们。"她又停了几秒,对他说,"你如果再这样纠缠,我们就要错过彼此的飞机了。"

前往曼谷的飞机起飞了,不知道为什么,宇成突然大哭起来,曾经的那些画面突然一幅一幅地入侵脑海:他们错过了杭州的那列火车,错过了去昆明的飞机,错过了与父母的见面,错过了那场彼此都很期待的演出……

但是,宇成想知道,为什么这一次,他们都如此准时,两个人都没有错过这两班把他们带往两个世界的飞机…… 因为一个人赶路会比较快。

前往法兰克福的飞机起飞,鸟鸟隔着那件宽大的衣裙在自己隆起的小腹上画着圈,脸上浮现出一个不紧不慢的笑容,今天所发生的一切,没有什么在意料之外。

啊啊啊啊啊,
在一起那么难,为什么还要学电视剧?
和在一起相比,低头算个屁!

她的手机弹出一则消息,是那个泄露她行踪的朋友发的:"我按你说的把航班信息都给那个死地鼠了。你遇上他了吗?怎么样?"空姐催促着乘客关闭手机,鸟鸟匆忙回复:"遇上了,没搞定,再聊。"

在刚刚的星巴克,是他们"一家三口"第一次一起喝酒。早在三个月前知道自己怀孕,鸟鸟就下定了决心,不会先告诉宇成关于孩子的事,她希望宇成人生的计划是出自他自己,而不是被"爸爸"这个身份绑架。所以鸟鸟对宇成说的"是你错过了我们"
是指……天哪,怪不得戒酒!

"宝宝,没事儿,这次没成功,下次再努力。"她对着肚子呢喃了一句,随即撕掉了手中另一张前往德国的机票,上面写的是宇成的名字。 太虐了吧?
宇成你赶紧从普吉直飞德国去当爹!

不久后的一天,她和宝宝还会再次和宇成重逢。鸟鸟知道,地鼠要追着候鸟跑,速度总是会慢一些。

他们一定会幸福的。孩子是父亲
的脊梁,会帮着他顶天立地。

候鸟总是会飞回来,可能就是时间会久一些。

"你要上来坐坐吗"

如果一个人告诉我，他的人生中没有一场关于爱情的宿醉，我不相信。

这东西，每个人都有，除非你不喝酒。它一旦出现，即使多年以后回想，你的肠胃还是会因为当年的酒精而翻涌，内心会因为往事的浮沉而再次绞痛。这种宿醉，时间单位以年来算，你要花很长的时间才能把当初喝下的痛分解掉。*所以常言道：拍拖不喝酒，喝酒不拍拖。*

这算是吃一堑长一智？

可一旦从这场旷日持久的宿醉中清醒过来，你之后的人生里，就不会再遇到这种酒了。

可不得珍惜生命嘛。

醒前一车女儿红，醒后一碗孟婆汤，你肯定喝过。

不满：我喝的是醒前半车女儿红，醒后半碗孟婆汤。

于我而言，这场爱情的宿醉比普通人可能长一些,以至于从这场宿醉中醒过来的时候,已经是八年以后的事了。关于我的这段记忆,如果换作是现在流行的网络写手,一切都会变得狗血而且煽情,你懂吗?女主角(也就是她)的野心与反转,男主角(也就是我)的痴情与逆袭,爱情的耽搁与错位……

> 在网文里,所有人的故事都这样。

但是我不想这么写。我只想简单地跟你说两个简单的故事。第一个故事,我倾注了几乎全部的自尊;而第二个故事里,我又无可挽回地丢失了所有的感觉。我甚至不想提到她(女主角)的名字,毕竟已经过去很多年了。而且,现在的我有了自己的家庭,她出局了。这一句补得真是满满的求生欲。

> 这样别人问起来就可以说是虚构的了,你真是个小机灵鬼。

一个人的出局是否代表另一个人的胜利?

先从第一个故事说起吧。

我和她初识于一个大学校园里的进修班。那是一个遥远的下午,北京的空气因为夏日的炎热而散发出烤焦的味道,我在人群中一眼就看到了这个凶猛的女孩。班上就她一人是短发,和不少男同学一样短,穿的却是碎花连衣裙。

> 这种细腻被动男被刚直敞亮女吸引的桥段,也是虎妈猫爸的特色配对了。

打个招呼跟唱《好汉歌》似的，嘿嘿呀依儿呀，嘿，嘿，依儿呀……

嘿嘿嘿。

我到现在都还清楚地记得报到那天的情形。她见到一个同学，就是一声"嘿"，没有多余的话语，嘴巴咧成一字，两排整齐的牙齿。又见一个同学，同样是一声"嘿"。我们班那时候二十多个人，大家一个一个互相认识，她就一声又一声的"嘿"，直到一个女生问她的名字，我才听见她说出除了"嘿"之外的话。

她"嘿"到我的时候，我忍不住问她为什么会是这么短的头发，我知道这是一个很蠢的问题，而且还是初次见面，不料她大大咧咧地回答："哦，我中学的时候总被同学拽长发，一气之下就剪短了。我给自己定了一个目标，如果实现了，就留长。"她又露出了那个标志性的一字笑容。

"这么说……那就是愿望还没有实现喽。你的愿望是什么？"我胆怯怯地问。"我和你很熟吗？为什么要告诉你？"她笑容一收，表情严肃起来。我赶忙为自己的失礼道歉："不好意思啊，对不——"

还没等我说完，她就一把搂住我的肩膀："开个玩笑嘛，哈哈哈哈，小弟弟。"她戳中了我的软肋，我留意了一下班上同学的信息，我当时确实是最小的一个。

> 鸟鸟：你就不能把这个名字也隐了吗？

当时班上最受欢迎的女孩叫董玉洁，她很清秀，关键是温柔，说话的声音很小，动作也小，男生对这样的"林黛玉"无比痴迷，几乎有一半的男生都在用各种方式表达着自己的爱意。奇怪的是，董玉洁却总爱和我喜欢的这个女孩儿待在一块儿，看起来倒像是一个假小子保护着一个真女子。

> 剩下的一半在幻想董小姐表白自己。

> 校园常见组合：一个万人迷，一个万人敌。

她并不是大多数男孩想追的女孩，太男孩子气，太刚硬，太仗义，像是大哥身边的女人。而我，当时只是一个青涩的男孩子，却一头扎进了她的世界里，就是觉得她好，觉得她美。我喜欢的女孩一直是这样的，包括我现在的妻子。

> 原来霸道总裁不喜欢傻白甜，喜欢霸道女总裁，哈哈。

那时候，我是从东北的小城市来的北京，仰望着首都的一切，宽阔的街道就像是人与人之间的距离，好像这里的天空都会离人更远。而她则来自北京以外

> 珍惜天空的距离吧，沙尘暴一来，天都看不见了。

的一个大城市,心态自然比我平和许多。我也是后来才知道,她是一个执着的猎手,进修班是她的跳板,北京是她的猎物,她要把北京揣入囊中。

那次进修班里,我靠着假装哥们儿的戏码,冲进了她的生活。我愿意成为她的小跟班,她不觉得我烦,也乐意让我跟着。

董玉洁总是会在旁边帮我说话,尽量把我留在她们身边。买东西的时候我会跟着帮她们拎东西,吃饭的时候跟着她们占座位,上课下课,吃饭喝酒,除了睡觉,我都赖在她们身边。我知道这段关系并不平等,不知道她如何看待我。我知道自己的分量,所以自卑,明白自己还没有和她站在一起的资格。

> 青春的遗憾大概就是一个还未起跑的男孩遇到一个抢跑的女生。

校园里的湖边有很多柳树,总会在春天的时候飘起漫天的飞絮。我依然记得她在去食堂的路上,在一片湖光中给我描述的她梦想中的未来,那个画面美极了,但我觉得那离我是如此遥远,真的,我甚至觉得她也因为这个梦想而离我更远了。因为她的国里没有你。

我以前对柳絮无感,但自从那天之后,我竟开始对柳絮过敏起来。人总会有不适应,有的东西,是我们从一开始就不适应;而有的东西,我们需要一个契机,才会有生理反应。

研修班结业,各自回家。我依旧对她"死缠烂打",用电话和信件绑住"我们"。她不主动,也不拒绝。少年不懂女孩的边界,如果是现在的我来看,当时的她其实就是在拒绝。是她让我对自己、对家乡的境况产生了动摇,我一直都感到不满足,但从来没有如此厌倦。

> 有些女孩的使命,就是打翻男孩的命盘,让他有机会翻盘。

不久之后,她考上了研究生,去的就是当年我们一起上研修班的大学,为毕业后留在北京做准备,一步一个脚印地向着那个让我过敏的未来迈近。我听很多同学说起她很厉害,同学们接着会安慰我,所有人都清楚,年岁在增长,但可能性却在变小。这个道理我明白,但我不想认。我会天真地觉得:或许因为爱情,一切会变得不同。

> 有时候,人和人的差距只是一份计划,计划让人看清现状,看见未来。

> 可是单相思改变不了别人,只能改变自己。
> → 同意。

她研究生快毕业的时候，我决定放下家里安排的铁饭碗，在南边的一个大城市找到了一份有发展潜力的工作。我特意安排了在北京中转，并和她打了电话。在电话里，她说有一个惊喜给我，像是塞了一张彩票在我的手里，到了北京就开奖。

撩得漂亮！

→ *从后文看，你错过了惊喜。*

　　我坐地铁到她学校附近的一家酒店，前台的姑娘问我："双人间，大床房，你要哪种？"我瞬间说不出话来，内心只想着她会给我一个怎样的惊喜。我给前台付了一些押金，说房型等我回来再确认，并放下行李去学校找她。

那是愿望在飞翔。 ↑

　　"嘿！"还是那声清脆的问候，我扭过头，看见她向我跑过来，垂肩的头发被北京冬天的大风吹得乱七八糟。她给了我一个大大的拥抱，站定，边理头发，边抱怨："本来想长发及腰再见你，但头发长得没那么快，没想到还让你看这个乌糟糟的狮子头。"

　　我看着她怎么都理不顺自己的长发，便笑了起来："恭喜你！记得你说要是梦想达成了，就不剪头

> 我也想像她一样,坚定地读出人生的进度条。

发了,现在梦想达成了?"她摆摆手:"没有全部达成,不过快了。"

那天,她非领着我逛那个我们曾经逛过无数次的校园,白杨树和柳树都光秃秃的,很多地方经过三年的修葺已经面目全非。她一会儿说着自己,一会儿说着校园,一个下午过去了,她终于想起来一件重要的事,她没有问我"你怎么样"。

> 有目标的人就像太阳,总是活在自己的光里。

她问:"你呢?怎么突然决定从最北边去最南边?"我只说:"想试试。"但其实原因不就站在我的旁边吗?

> 羞于表达让你错过了惊喜,你却沉醉在自我感动中。

那天回到酒店,前台的女孩挑着眉毛问我:"大床房?"我回答:"请问有多人间吗?"她噗地笑了出来:"我懂我懂!六人间,上下铺,无隔挡。确定吗?大床房可就剩一间了。"

那时候是北京的冬天,我以为城市、工作、生活的转变能够把我带到一个充满希望的季节,但是这个

· 127 ·

> 我们总以为自己是疲于耕种的农夫,但其实我们才是那颗种子,朋友、事业、生活不过是挂在我们枝丫上的果实。我们奔天,果实才会丰盈。

六人间,这旁边的校园,这个城市,却什么也种不出来,只种得出室友。同屋的小伙子看不下去了:"哥们儿,能长点心吗?我本来订的是大床房,谁知道女朋友死活都不愿意在寝室外过夜,这才换到了多人间。你倒好,一开始就省钱,我看,其他的也省了吧。"

> 全程活在怯懦与内耗中的卑微一方。

我只是想省下她拒绝我的机会。大床房会让我的渺小显得太过明显,让我不得不面对一些我不想面对的事情。可以说,我的自卑在订房间的那个瞬间达到了顶点。

> 仿佛看到内心卑微地进了地下室。

临走的前一天晚上,我约了她在学校旁边的一家饭店吃晚饭。微醺中,她满怀激情地说着自己对未来的规划,我却在一旁使劲儿灌酒。这个场面,我怕自己清醒着应付不来。她双手会不自觉地摆动,甚至举到半空中去。

> 她的规划一定涉密,否则怎么总是说给局外人听?

那家饭店的灯光有些昏暗,我仿佛看到了两只艳丽的蝴蝶在翩翩飞舞,而我,自打记事起,就知道自己对蝴蝶严重过敏。所以,我从来都不敢靠近蝴蝶。

> 是觉得自己是小花花吗?
> 对狂蜂浪蝶又爱又怕。

我们从饭店出来的时候，我已经接近断片的边缘。我拥抱她的时候近乎是挂在她身上，说了些准备好的告别话语。说到一半，她重重地把我架起来，主动提出要送我回酒店，这是我没有想到的。

那是十二月的最后几天，我们俩都穿着厚厚的羽绒服，空气干燥，风很大。望着湖边光秃秃的柳树，我却突然想起了春天的飞絮。我们终于走到了酒店的门口。*时间、地点都变了，人物却没变。有时候，比物是人非更心酸的是物非人是。*

她主动抱了我，隔着厚厚的羽绒服，我感觉不到她的温度。她说："好好的，要加油！"我们俩的脸都红红的，我的是被酒弄的，她的好像是被风吹的。我不敢直视她的眼睛，却调动了全身的力气，借着酒精壮的胆，用自我怀疑的语气，问出了那一句本不敢问的话："要上来坐坐吗？" *订了六人间的你，这话也敢说？*

她眼睛眨了眨，用一个主持人的素养不让话掉在地上："怎么，叫着你的室友一起斗地主啊？"本来惧怕的尴尬并没有发生，她这个时刻的机智反而让我感到毛骨悚然。

如果是我，但凡有一点喜欢，都没法如此从容地救场。但我还是笑了，我伸出手，我也不知道怎么就在这个时候想起了握手这一出。她却没有伸出手，而是不动手臂地摆了摆手掌，就像选美冠军在致谢全场时会做的动作，然后转身离去。

可能醉酒的时候，我们再也没有脑子欺骗自己，反而认清了彼此的身份。

她不会知道，我在大堂里看着她的背影消失在视野范围内，回到房间抱着马桶狂吐，那腥臭味从厕所弥漫到六人间的每一个角落。第二天在南下的飞机上，我依旧抱着马桶狂吐。

我一直没告诉董玉洁这个故事，但她后来好像是把这件事情当成一个笑话告诉了闺蜜。董玉洁打电话跟我说叫我放弃算了，即使再喜欢，女孩一定没有这个心思的话，很多事情就是无法挽回的。我在南边的那个城市一待就是八年。

前两年，我拼了命地工作，还依旧幻想着自己能够像一个真男人一样地荣归北京，再次追求她。

错过一生所爱，余生皆是拼图。

后来，我约会了好几个女孩，或多或少都带着她的影子。但什么都熬不过时间，她在我心中逐渐褪色，但这个过程就像是酒徒从一场宿醉中醒来。我还保持着给她写信的习惯，但直到我给她寄出了最后一封信，那是一张什么都没有写的白纸。我知道这样的仪式感多少会显得有些矫情，但她好像也不在意。

相信我，她在读信的时候，内心也会闪过信纸一样的空白，那是一部分曾经的自己在和少年一起离开。

八年后，我来到北京，我和她的第二个故事也是在这之后发生的。*还整个 callback（回环）。*

我在一个老同学聚会上再次遇见她，她又回归到了利落的短发，虽不及我初见她时那么短，但我心里也明白：她又走在了追求某样东西的路上。几杯酒下肚，她依然会和男同学们称兄道弟，在说话的时候，依旧会把两只蝴蝶一样的手在半空打转。

Tony 老师：这个发型的名字叫野心。

她打趣我："果然是当了集团总裁了，到了北京也不联系。"大家起哄:"你们俩不都还单身呢嘛。"只有董玉洁一个人在那边翻白眼,我也只能尴尬地不断扯开话题:"这次不是旅游,我搬到北京来了,以后常聚。"

> 虽然迟了六年,但更像王者归来,因为王者只为自己归来。

自从那次见面以后,我们也会一起吃饭喝酒,有时候和同学一起,有时候单独。我们聊起进修时候的种种趣事和糗事,她笑我是小跟班,我抱怨她欲拒还迎。我们说起各自奋斗的这八年,彼此都通过努力事业有成,她也真的画出了之前让我无比艳羡的人生地图。我从来都不觉得什么总裁,什么年薪,什么房子和车子会真的影响到我和她之间的关系。我知道她也是这么想的,她也用自己的人生证明了自己对爱情的态度。我是后来才听董玉洁说,她结束了一段失败的婚姻,没有孩子。但从她的眼神里,我没有看到一个离婚女人的失落与哀愁。爽朗、阳光、果敢、热情,在很多时刻,我为她感到骄傲,我也为自己曾经喜欢过这样一个女人而感到骄傲。

> 作者妻子:下次来家里吃啊。

> 不被财富左右的感情要么情比金坚,要么无关痛痒。

一次,我们单独吃饭,她遇到了烦心事,喝了不少,我要开车,就没喝。饭毕,她让我送她回家。那是一个春日的夜晚,我开到她家楼下,她没有说"再见",也没有推门,而是一把抱住我。我们的衣服都很薄,我能感受到她因为喝酒而略微发热的身体。然后她握住我的双手,两颊透红,眼神闪烁:"你要上来坐坐吗?"

我愣在那里,想不出用什么玩笑来缓解气氛,也没有什么理由能说出否定答案。八年多过去了,我不再是那个只敢订六人间的男孩,她的头发也短了长、长了短。我没有什么表情,只说:"不了吧。"

去她家斗地主呀!

她没有再说什么,脸上也看不出什么情绪,她放开我的手,开车门,下车,关车门,走了进去。我一直等到单元门完全关上才离开,她没有回头看过一眼,就像八年前,她从来没有看到我一样。

我一阵恍惚,猛地一脚踩下油门倒车,嘣!一个晃神,车尾猛地撞在花坛外沿上。那个瞬间,我被车吓到了,也被自己吓到了。我没动,只是静静地坐在驾驶座上。我没有喝酒，却因为从后视镜里看到了花坛那里的两只蝴蝶而突然想吐。我迅速拉下车门，跑到没有蝴蝶的另一侧花坛那里，却怎么都吐不出来。

哎哟，肌肉记性挺好啊。

我双手撑在膝盖上，闭着眼睛。脑海里，我看到了那个突然对柳絮过敏的自己，那个一直对蝴蝶过敏的自己，看到了那片校园湖光里的自己，看到了那个被她的梦想所震慑的自己，看到了那个不顾一切去看她的自己，看到了那个决定离开故乡去拼搏的自己，看到了那个被一碗牛肉面吃哭的自己。

那晚在六人间厕所里吐过以后，我爬上床，却怎么都睡不着，觉得肚子里空空的。在晨雾弥漫的早晨，我在旅店旁边的一家面馆点了一碗牛肉面。当时旁边坐了一对东北夫妻，那女的一直在抱怨牛肉面不好吃。我吃着吃着，想到自己经历的一切和前途未卜的未来，突然在牛肉面馆放声大哭，眼泪是热的，我能感觉一道道泪水从脸上滑过，就像一道道灼烧的伤口。那个男人操着浓重的东北口音说："咋不好吃，你看这小伙子都被好吃哭了。"

"天堂"里的安吉尔

> 这烧酒杯烫手啊。
> 用最温柔的姿势，喝最烈的酒。

王一一大拇指和食指捏着酒杯，其他三根手指高高翘起，一口把茅台倒进嘴里，那口酒根本都没碰到他的舌头，就直接从喉咙灌进肚子里了。这一看，就是经常喝酒的"老手"，不过他也就三十岁出头。

> 这么贵的酒，都不用咂摸味道吗？
> 得，快乐的过程全部省略。

看到这儿，我端起手边82年的矿泉水一饮而尽。

我初次认识他，见一个年轻人这么喝酒，还是吓了一跳。左边一声"哥"，右边一声"姐"，上句一个"哥儿俩好"，下句一个"一起走"，这浑身的油腻劲儿，我真怕酒桌上有个人点根烟，一不小心闪出个火星，他就能在现场燃起来。

> 男人是油做的，火越旺，油越多。

王一一从前在一个小城市做旅游，如今在北京做旅游，我算是他的前辈。我跟他说，喝酒要是总这么跪着喝，这钱就只能跪着赚，生活也只能跪着过。他右手往右大腿上重重一拍："哥，你说得太对了。怎

> 酒桌上的新人,不说客套话,说啥?
> 嘴上说着同意,身体却诚实地跪了下去。
> 哈哈!

么现在才认识你,相见恨晚,相见恨晚!"旁边小米姐在嘴角上挤出那么一丝微笑,说:"小伙儿人不错,锻炼是挺够的了,要拔高才行。"

> 得从菜油拔高成石油。
> 卖的价都不一样。

王——一双丹凤眼,圆圆的苹果脸,一身西服袖口长、领子松,大腿和胸前都沾着新鲜的酒渍。他笑起来特别甜,两排整齐的牙齿,眼睛眯成两道上翘的弧线,无论真心与否,都像是由衷的开心。

> 不满:你要这么喝,我也能倒整杯,喝半杯洒半杯嘛。
> 我也这样。

小伙儿虽然喝酒总带着社会范儿,但我注意到他的眼珠从来不乱动,目光如炬,你说话他总会认真地看着你,喝酒时,眼睛就盯着酒杯。他的手也不乱动,除了喜欢拍自己的大腿,偶尔轻轻地拍拍自己的脸蛋儿,绝不会和人勾肩搭背。这一点,就算是水油分离吧,也不至于整个人都泡在油里。

> 不好意思,我以为还喜欢拍别人的大腿。

那晚的所有人都能算是他的"哥"和"姐",王——竖着两只耳朵,一直在听,很少插话,也不会主动提起自己。反倒是我对这个小伙的过去很好奇,一直问他。

"我的事儿不值一提，哥。今天是来学习的。"我的冷眼又是一射，见他往后靠了一靠，接着，他跟我说起了一些他的往事。

他从小成绩一般，不好也不坏，大学毕业后在家乡一家旅行社找了个销售的工作，还算努力，不久后就换到了一家高端旅行社，但他只是觉得自己活像一个混社会的。每天的工作从晚饭开始，先是在业务饭的餐厅里大鱼大肉，饭毕，再带着一群客人去KTV里大鱼大肉，一边一个王哥，一边一个李哥。因为年纪小，所以重要客户还分不到自己这里来，老板说："多锻炼，等经验丰富了，自然会有更多不一样的客源。"

这家伙对"高端"和"有钱"这两个概念还是混淆不清。他本科学的是旅游管理，老师在课上说过，所谓高端旅游要的是品位。说白了，就是要把钞票熏出点文化味来。可是面对每天不是胡喝海喝，就是纸醉金迷的"高端客户"，王一一只能慢慢说服自己：顾客是上帝，你管他喜欢的是天使还是魔鬼。

> 夜深人静，王一一问自己："我到底在干吗？"

> 把钱花在看不见的地方才是 old money（真贵族），new money（暴发户）都把钱砸在外面。

· 138 ·

那个城市的"上帝"应该很多，要不然"天堂"的生意怎么会这么好？这里说的是那家叫"天堂"的KTV夜总会。

"天堂"有着一个巨大的白门，进去的过道用棉花布置了很多云朵，粉红色的霓虹灯光总让你感觉像是要走进一个人的食道一般，明着是你进去吃肉，实则是这地方吃你。

大家把KTV里为客人服务的女孩叫作"公主"，点点歌，喝喝酒，划划拳，说说笑，开开心心，舒舒爽爽。

王——第一次来的时候是跟着王总他们那一伙儿的。大家到了包房就瘫倒在沙发上，那屁股都好像是悬空的，像是用背坐沙发。王总是老大，带着几个朋友，第一句话就是："出来消费要开心，懂不懂？"经理自然心领神会。

> 健身教练：各位老板练臀桥呢？
> 别提健身的事儿！！！

"公主们"都是统一着装，黑色的超短裙，长筒黑丝袜，防水台就有四五厘米的高跟鞋，吊带背心，再加上一个奇怪的奶白色披肩。她们仿佛只请得起一个化妆师，大多的妆容都像是工厂流水线作业的成品，如果有几个不同的，那你就能看得出这些女孩会自己化妆，至少还有点追求。

这是睫毛内卷吗？

这个"公主"就是特别的那一个，至少她的睫毛不像其他女孩，像两把扫帚快要把眼珠扫出来一样，女孩很会把握度，两只眼睛的睫毛像是猫的胡须，往两边无限延伸。

还没等王总开口，那女孩就坐在了旁边那张独立的椅子上："您叫我安吉尔就行。"王总还没有喝酒，却一脸蒙："安琪？"那女孩笑着说："对对对，您啊就这么记，安琪！"

王——听得很清楚，这个女孩其实是叫安吉尔，他英语不好，但也能明白是 Angel，英语里"天使"的意思。天堂里的天使，这个女孩有点儿意思。但这伙人不懂英文，便叫她安琪了。

安琪很会讲笑话，更会接梗，最厉害的是喝酒。那天晚上，王——算是领教了老板所说的经验丰富。这个女孩没有一个时刻出卖尊严，王总的手几次搭到她的腿上，她每次都能用不同的招数推开，推得王总是既开心，又得罚酒。更别说其他男人的攻势了，兵来将挡，水来土掩。

凌晨四点的时候，其他"公主"都离场了，只有安琪还在周旋，她能力强，体力好，自然是要厉害些。临走的时候，王总从他那个黑色的万宝龙手包里拿出一沓钱，没数，就直接交到了安琪的手上："留个微信，下次来提前跟你说，免得你没空。"

王——留意到安琪走的时候瞟了他一眼，那个眼神他自己用心体会了一下，甚至比开会时揣度老板的讲话还要用心。安琪在纳闷：这个男孩为什么会在这儿？王——还从那眼神里看出了一件也许是自作多情的事儿：这个女孩不会是喜欢他吧？

⟶ 直男的神逻辑。

第二天，王——在上班的路上意识到一个问题，他的工作在本质上和那些女孩没有太大的区别，但他的能力远远不如她们。他决定要好好学习，最重要的练习就是在工作中好好观察，好好总结，争取早日出山。

一个星期后，王一一又带着李哥一群人去了天堂夜总会。这一次到了包房坐下之后，李哥看看面前的一排女孩，撇了撇嘴，跟经理说："安琪呢？"经理搪塞说安琪今天不舒服，王一一暗想，古代好像也是这个套路。

李总不满意："我跟她说了今晚要过来。"就在经理为难时，从房间外面响起了一声洪亮又甜美的"李哥"。李哥还没见到人，就先脆亮地答应了一声，整个人都被她叫酥了。安琪还是那一身衣服，顶着自己化的妆，小碎步跑进来。

> 王一一再次确认过眼神，绝对是爱上自己的人。
> ↘ 阅读理解高分选手。

但她的第一眼却落在了王一一的身上，哪怕是只有半秒的停留，也足够让李哥这样的老油条惊讶了："安琪，这就是你不对了，姗姗来迟，罚酒。"

李哥边说，边往一个杯子里倒酒，一整杯，往安琪面前一放。 这杯酒不好喝，它的原料叫尊严。
↳ 我也不喝。

接下来的一幕，王——应该能反复温习一个礼拜：

安琪什么都没有说，她又从那排空杯子里拿出了一个，拿起酒壶倒满，然后左右手各拿一杯酒，先干了一杯，又干了一杯，说："李哥来了，我刚刚那么怠慢，起码得两杯！"李哥在一旁鼓掌，然后全场都开始鼓掌，只见安琪不带任何娇嗔："必须罚，只是经理走了，不然他也得罚。我二十分钟前刚和他说李哥要来，结果他只顾着照顾您，都忘了叫我。"

这是王——第二次见安琪，这个女孩和第一次见时很不一样，她就像是一面镜子，男人喜欢什么模样，她就是什么模样。王总喜欢呵护女孩，她就是需要被照顾的小公主，仿佛下一秒就能咳出血来；李总为人豪爽，她就是公主出塞，仿佛天边有雁，马下有尘。 ↶ 真没人在乎她本来什么样。

接下来的三个月，王——分别在不同客人的局上见了安琪七八次。他确认了两件事：第一，安琪确实是"天堂"里的"天使"，几乎所有的"上帝"都爱她；第二，这个女孩一定是刻意来他的房间。王——虽然未经世事，但也不相信天下会有这样的巧合。

刚开始的时候，安琪还会刻意避讳，到后来，安琪就会摆出一副和王——很熟的模样。她越是这样，那些"老板"仿佛越是能和他处得来。三个月下来，王——的本事长了不少。流水的客人，铁打的安琪。

王——终于在三个月之后加了安琪的微信，他发出"你好"，对方的回复却是"别叫我安琪，叫我小九"。仿佛安琪是一个世界，小九是一个世界，而在微信里，小九不想在"天堂"，不想做安琪。

> 可只要微信里有"上帝"，手机就会是"天堂"。
> 苦命的打工人再同意不过。

半年后，王——告别新人的身份，得到了提拔，便不再需要干陪客户去"天堂"的活儿了，也是在这个时候，他第一次给小九发出了邀请："吃个火锅？"

以前，他们即使有了微信，也不常聊。没有什么原因，工作是工作，生活是生活。但现在他们不再会有工作的关系了，王一一想要去了解这个女孩。

在火锅吃到一半的时候，小九跟王一一说了一个段子："所有的女孩都想成为公主，然后和王子在一起玩。我很幸运实现了一半的梦想，我确实成了一个公主，但我总是和王总在一起玩。"

王一一直接笑抽，差点从凳子上摔下去。小九往锅里添了一些毛肚、黄喉和土豆："这么老的烂梗，你不至于吧？"她眼睛一眨一眨，"认真的，你要不改名叫王子好了，这样我就能成为和王子在一起玩的公主了。"但面对这个笑话，王一一却笑不出来了。他把整盘的黄喉和毛肚直接丢进了火锅里，力道没有控制好，差点儿溅在自己身上。

"你怎么把毛肚全都倒进去了？"小九看不过，赶紧把筷子插进去捞，"毛肚不能这么一股脑全放进去的，会老。七上八下，你不懂吗？就是七次拿上来，八次放进去。"王一一说不出的别扭,他的大脑里熟悉的还是那个"天堂"里的安琪,现在的这个小九说起怎么煮毛肚,他瞬间有点儿找不到方向。

> 相识半年,这才是你们的初见。嗯嗯嗯。

小九何等敏感,瞬间就感受到了。两个人各自都装作忙着捞毛肚,很久都没有说话。

> 没有什么是一顿火锅解决不了的,不行就两顿。

> 缘分没有"七上八下"的口诀,夹生和太老才是缘分的常态。同意!

那顿火锅,王一一本来想要问小九很多问题,但最后什么都没有问。其实,小九来火锅店的路上,她想过很多王一一可能会问的问题,甚至还想好了很多问题的答案。有的,她准备实话实说;有的,她决定说说故事。

> 只可惜,客套代替了问题,沉默代替了回答。

他们之前花了那么长的时间才认识。他们之前彼此不断认识的过程,总是会隔着一个大哥、一个老板、一个客户、一个有钱人;他们之前说过那么多的玩笑,见过彼此笑得最狼狈的模样,也见过彼此喝到疯狂的失态;他们之前曾经在某些时刻甚至觉得可能会发生什么后续；他们之前从来都没有想过要加彼此的微信，因为他们总会遇见的……

"你觉得我是一个什么样的人？"小九突然打破沉默。王一一对这个问题好不惊讶，他也曾经很多次问过自己这个问题：这个女孩，这个安琪，到底是一个什么样的人？

他看着小九的脸，火锅店里蒸腾的热气让她的脸像是浮在水面上，波光粼粼。他好像是第一次在这种光线下看小九，"天堂"的光线总是让他觉得这个女孩是在梦中，如今，他觉得小九更远了。

那些在泥沼里翻滚的日子，也会在某一天变得闪闪发光，令人怀念。

王一一没有马上回答，他用筷子在火锅里打了一个圈，伸头去看了看，说："火锅里的毛肚全都捞完了，赶紧捞黄喉吧，不然黄喉也老了。"

"我问你，你觉得我是一个什么样的人？"说这句话的时候，小九的身体僵在那儿，好像答案不出来，

原来世故的人卸下世故的面具，也会对这个世界手足无措。

她就被封住了一样。

王一一笑了,他推了一下小九的肩,那是他们在"天堂"经常会做的动作:"你是天使啊!"

小九的脸垮了下来,她一筷子夹上了三片土豆:"得,就'天堂'里的天使呗。"

> 她想做他的公主,但他不想做她的王子。

王一一用双手托起了小九的一只手,以一种很做作的语气讲了他这顿饭里的第一个笑话:"所有的女孩都想成为天使,然后在天堂里开心。你实现了一半的梦想,你是天使,也在天堂,但你不开心。"

小九低下头,没有看王一一的眼睛,然后用很低的声音说:"这段时间真的白教你了,开玩笑还是那么没有点。"

正当空气被尴尬填满时,突然,从几米开外传出一个响亮的声音:"安琪!"

王一一猛地一回头，看见一个啤酒肚男人走过来，他把一个公文包夹在腋下，手上拿着手机，手机上绑着的金链子随着他身体的晃动一摆一摆的。但是安琪动都没动，她甚至连头都没转过去，只顾着自己吃火锅，对那个男人看都不看一眼。

> 王一一，你要是个男人就把他的咸猪手扔火锅里！
> 快！！！

　　男人走过来，把手搭在她的肩上："没想到在这儿遇到你。"安琪站起来，轻轻地把那个男人的手从自己的肩膀上移开，说："先生，你认错人了，我不认识你啊。"

　　男人有点生气："我戴哥啊，你不是'天堂'里的安琪吗？"小九使劲努出一个僵硬的笑容说："安琪是谁？你真的认错人了，我叫小九。"她给王一一使了个眼色，王一一也连忙站起来解围："哥们儿，你真的认错人了，这个姑娘叫小九。"

　　男人怒气上来了："小什么九，刚才我叫安琪，你回什么头？"王一一说不出话来，小九却接得很快:"我这朋友家养过一条狗,叫安琪。他以为你叫他家狗呢。"

"行,你够行。"那男人用手指指点点地往后退,"别让我在'天堂'再看见你。"小九站得更挺拔了:"您要健健康康的,看您这么年轻,这么着急去天堂干吗啊?"王一一拉着小九的手,让她坐下来,那男人骂骂咧咧地走开了。

> 这位公主还挺刚。
> 女人独当一面起来,就没男人什么事。

"你以后不在'天堂'干了?"王一一疑惑地问。小九没有看他,说:"刚才这男的仗着自己有点酒量,喝伤了我好几个姐妹。有一次我实在看不惯,就亲自上场,直接把他喝到现场直播。"

> 学到了。

王一一没太明白:"现场直播什么意思?"小九说:"就是直接喝到他在包间对着墙壁吐。"说完,小九自顾自地大笑起来。王一一先是一愣,也跟着小九笑起来。

> 爆爆:这种男人就得喝到他亲娘不认识他,丈母娘重新认识他。
> 哈哈!

两人大笑了好一会儿,小九的眼角迸出了几滴眼泪。王一一不知道那是因为笑得太过,还是因为小九在哭。

> 成年人的眼泪都藏在笑眼里。
> ↳ 我也是。

"走吧,王总,我吃饱了。"小九抢着买了单。他们走到火锅店的门口,刚刚那口锅下面的火都还没有关掉,锅里的底料沸腾着,黄喉、百叶、土豆、绿叶菜都还有不少剩在里面,但已经没有筷子会伸进去把它们捞出来了。

小九问王一一:"你往哪边走?"王一一指了指左边,小九指了指相反的方向,说:"再见,王一一。"这声告别那样潦草,以至于王一一都还没有来得及说什么,小九就已经消失在了人群里。

> 既然前路无法同行,那就留个洒脱背影。
> 再见越是轻巧,告别越是煎熬。

过了几分钟,小九又重新返回火锅店,其实刚刚她和王一一是一个方向,她是故意的,因为她不知道如果那时候同路,一路上该有多么难熬。她为自己的决定感到开心,毕竟可能在之前的某一个瞬间,她因为听信自己的直觉,已经弄错了一次方向。

我们总是这样，会为想要同行的人而搞错要走的路，甚至忘记了自己是谁。

其实在那顿火锅之前，小九正式辞去了工作，她之后从实习做起，熬了好一段的苦日子，后来在一家公关公司做得很不错。但是王——是不会知道了。

> 见过"天堂"，何惧人间？
> 小九会越来越好的。+1

那顿火锅之后，他们就再也没有见过。

> 一个向左走，一个向右走呗。
> 故事里的故事，就这么结束了？

大海的一千个白眼

"你看那两个大爷是在喝酒吗？"浚言指着马路对面十米开外的两个老人，不禁提出了这个明知故问的问题。这里是古巴的巴拉德罗海滩，现在的时间是中午十二点，两个拉丁大爷坐在马路边的石凳上，旁边是一棵高大的棕榈树，正午的阳光强烈到让人睁不开眼。石凳上放着一瓶看不出喝了多少的龙舌兰，还有两个一次性的杯子。一个大爷戴着墨镜，两只手都搭在椅背上靠着，脸上微红。另一个的脸已经红得像龙虾一样，说话时双手不停地摆弄着，像是在跳舞，仿佛在说着什么很重要又完全不重要的事。*只是明显馋酒而已。*

雪婷听到男朋友的提问，眯着眼睛看了几秒，然后翻了一个白眼："嗯，是在喝酒。但是也太奇葩了吧……"然后她丢出了三个短句，"大中午。马路边。一次性杯子。" *好歹整盘花生米啊。*

浚言脸上闪过一丝坏笑:"这有什么,在海南,有的早餐店就卖酒。特别是已经退休的老人,早上就会邀朋友喝几杯,那叫作醒床酒。"但是浚言还没有喝过醒床酒,他三十五岁,每天早上叫醒他的是全公司员工的吃饭问题,没有酒的浪漫。

> 可以全公司一起喝醒床酒,公司当酒店,起床就团建。

他抑制不住自己的好奇心,想过马路去看看,却被雪婷一把拉回来:"什么醒床酒,那是自杀酒吧。咱们先吃了饭再说。如果他们是真的在喝酒,一时半会儿也完不了。"

> 喝酒不在于时间,而在于对象,饭点的业务酒才是自杀酒。

浚言乖乖跟在雪婷屁股后面,向这次古巴之行的房东介绍的饭店走去,那是房东表弟开的。浚言比雪婷高出两个头,两个人穿的都是人字拖,走起路来,吧嗒吧嗒响个不停,这画面像是鸭爸爸走在小鸭子的后面。

浚言圆圆的脸上,小嘴嘟囔着,也甩出三个短句:"他们在喝酒。我想这么喝。以前都没这样过。"

> 如果不能随心所欲,旅行还有什么意义?
> 撒娇……巨婴宝宝内心永不放弃!

他们来到饭店,进大门后,穿过一个四方的院落,就直接来到了这家人的客厅。说是饭店,不过是将自己家里的客厅腾出来。这不就农家乐吗?

不过这些都不要紧,因为饭店老板说了,他们家的拿手菜是就地取材的大龙虾,再配上提神的咖啡。而龙虾,是雪婷的最爱。

雪婷早就饿了,狼吞虎咽地吃着,完全不管周遭发生了什么,但是浚言注意到了。老板在给他们上完菜之后,就在前面院子里的躺椅上睡着了,只剩下饭厅里的中国美的牌电风扇咔咔作响,还有雪婷吃饭时候窸窸窣窣的声音。

Made in China(中国制造),细节拿捏了。

浚言想起了三年前第一次在三亚遇见雪婷的情景,那是在一个朋友攒的局上。浚言那天迟到了,就找了个空位插了把椅子进去,他一下子就注意到了旁边的女孩,不为别的,为她的吃相。她都没有时间和周围的人聊天,熟练地剥着龙虾,面前的龙虾壳已经堆成了一座小山。

浚言笑了，问她："你这么喜欢吃龙虾啊？"雪婷因为嘴里塞得太满，说不出话来，只能边嚼边点头："嗯嗯嗯！"这是他们之间的第一次问候。还不知道这个女孩叫什么名字，浚言就已经知道这个女孩喜欢吃龙虾了。

> 鸡腿傻白甜不是前两年流行的吗，现在还这套？

认识浚言之前，雪婷一个人在三亚工作。因为不是本地人，她那时候经常被三亚的无良商家下套。

> 这吃的鲸鱼啊？
> 这五千多块是光头的出场费吧？

她吃过两条五千多块钱的鱼，因为拒不付账和饭店老板吵起来，对方还叫了三四个光头大汉出来威胁，她最后还报了警。那次饭局后，为了追雪婷，浚言狠心地牺牲了一只又一只龙虾的生命。

雪婷爱吃，浚言就带着她整个三亚、整个海南地吃，大街小巷，酒楼大馆，苍蝇小馆……看着雪婷吃龙虾，浚言的脸上就会不由得挂出一种慈祥的神情。

> 按你们这个吃法，大海也没有余粮啊。

> 这样的男朋友请给我来一打，好吗？

"喂！"雪婷叫浚言，而他却因为回忆而出了神。
"喂！喂！"雪婷又叫了两声，浚言缓过神来。

雪婷已经干掉了一整只龙虾,她擦了擦嘴:"我吃龙虾有那么好看吗?都看了三年了,还不腻?"

龙虾:都吃了三年了,你咋还不腻?

浚言说:"夫人比龙虾好看。"雪婷做出要扇浚言耳光的动作,又在空中把手停了下来,说:"刚刚想什么呢?"浚言指着院子里,眼看这家里的孩子和老人在院子里的躺椅上晒着太阳,没有一丝声响,问:"这家饭店有没有给你一种在亲戚家蹭饭的感觉?"

"怎么又来了?"雪婷对"家"这个字变得有些敏感,因为浚言家里开始有了催婚催孕的信号,尽管自己男朋友可以做主,但雪婷还是感受到了压力。浚言连忙否认:"不是,不是那个意思。我是说,这个院子让我想起了小时候,但凡有人结婚,男方女方家里都会摆上流水席,来者不拒。我经常到处蹭饭吃。"

这个话题转得真是毫不生硬,哈哈哈。

"那俩老大爷还在喝吗?"雪婷岔开了这个她不想继续的话题。他们轻轻地把钱放在桌子上,蹑手蹑脚地离开了饭店,生怕吵醒了熟睡的老板一家。一个小孩突然笑醒了,也不知道是做了什么美梦。

回到马路上，两人远远地就看到了棕榈树旁的那张石凳，但上面只有一个大爷了。浚言竟莫名失落起来。雪婷一下就看穿了他这种连自己都无法解释的情绪，翻了一个白眼，说："酒局还在继续。"

浚言边走边问："夫人是怎么看出来的？"雪婷指着马路对面那个和他们步调一致的大爷："喏，这不就是另外一个吗？你看他手里是不是一瓶新的龙舌兰？"果然，浚言明白他是去补充弹药了。

浚言就停在那个石凳的正对面，他用目光死死地盯着他们。只见他们像慢动作一样地打开了那瓶新的龙舌兰，然后往一次性杯子里倒酒。到了这个时候，他们俩都变成龙虾的颜色了，在炽烈的阳光照耀下，都红得有些透明起来。

→ 三个短句爱好者。

"有点兴奋？有点羡慕？有点向往？"雪婷捏着浚言脸上的肉，边甩边调戏地说，但这三个词却又都正正地打中靶心。

他的心里已经开始飙脏话了,那种想得却不可得而飙出的脏话。这对情侣明白,在如此遥远的距离,他们看到了这样的生活;但这样的生活却无法发生在他们生活的城市。

> 一个城市一个活法,他们大中午在路边痛饮,我们大中午在街边下棋啊。

> 游客:怎么就不能是个游客呢?

浚言恍惚了一下,突然,心里的一句话瞬间从嘴里跳了出来:"这简直就是初恋的感觉。"

> 爆爆:那你这初恋的酒量跟我有一拼。

"什么感觉?"雪婷没敢相信自己的耳朵,又追问了一遍。"我刚刚说话了吗?没有啊……"浚言倒不是装傻充愣,只是那句话原本只在心中,不知如何跑了出来。他感觉雪婷加快了脚步,没有理他,径直向海边走去。他追了上去。他们都不是彼此的初恋。

> 现在是失恋的感觉。

但雪婷从来不生他这方面的气,因为是她封闭了彼此的情史,她不问,也不回答。在这个女人看来,过不去的才是过去,过得去的都只是记忆,既然两人在一起,又何必还要为记忆买单呢?

> ↳ 为龙虾买单就够了。

浚言喜欢雪婷一贯的成熟作风,因为这个男人的情史，要真回顾起来，不知道雪婷内心会起多少个疙瘩。

> 难道不是主动不提情史的人更心虚吗？

五分钟后，他们已经在一片和平惬意的心情中来到海滩。浚言与救生员目光相对，他坐在高高的椅子上，睡眼惺忪，真要有人溺水，应该也就溺水了。巴拉德罗的海滩以非常缓慢的节奏向深处曼延，海陆架坡度平缓得惊人，以至于你走出一百米，水还是及腰。救生员总是漫不经心地望着人们在大海中嬉戏。

一个小女孩从旁边的商店买来面包，把面包屑往空中撒，一群群海鸟便兴高采烈地奔涌而来。这是一场大海的派对。浚言仿佛找到了一百万个开心的理由。

> 这里惬意得就像没有星期一。

"这儿好棒啊！真想在大海里遨游。"浚言双手抱住后脑勺，仰卧在一把大伞下的座位上，满脸都是幸福的表情。

"得了吧，你又不会游泳。"刚开始，雪婷都不敢相信在海边长大的这个男人不会游泳。

> 浚言：难道佛山长大的男人都会无影脚吗？

浚言说:"知道吗,巴拉德罗名列世界十大海滩。"

要不是没有海,撒哈拉都敢上榜。

雪婷一如既往地翻了一个白眼:"全球范围内,拥有这样名号的海滩应该能超过一百个。还有,为什么我们要在太阳最毒的时候来这里?"

雪婷自己开始张罗着换泳衣,在旁边的小卖部租了那个网红火烈鸟的救生圈。回来时,浚言看见她手里拿着一瓶龙舌兰和两个一次性杯子。

不会是那两个大爷的吧?

她说:"来,我和你一起温习一下初恋的味道。"

情史可以既往不咎,但初恋必须寸草不留。

面对突然的挖苦,浚言一脸尬笑。

他往两个一次性杯子里倒了一些龙舌兰,把一杯递给雪婷,举起杯子:"好爱这片海,我们以后可以再来,好不好?宝贝……"然后自己喝了一口。雪婷只是放下杯子,身体僵硬了一下,没有问浚言要不要一起,就自己下海去了。

小伙子,看来你是真的很想念初恋啊。

浚言没想太多，拿出刚买的全降噪耳机，点开了一张钢琴演奏会的专辑。当眼前的画面变成了静音模式，而那种柔软的钢琴曲不知道触碰了他内心的什么地方（与情史无关）时，他突然感觉鼻子一酸，眼泪就像烈马一样奔出了眼眶，这个男人在大海边认真地哭了起来。

> 这个括号真是欲盖弥彰，哈哈哈哈哈。

> 成年人哭起来好像没有原因，又好像有无数个原因。

浚言戴着墨镜，不时喝上几口一次性杯子里的酒，邻座的人根本不会留意到这个神经病一样的男人。他放松了身体，感觉自己在向一片情绪的深渊中坠落，于是决定在这里坠落到不能坠落为止。

但就在一个瞬间，他感觉有一股冰冷的水流把他冲了上来。一片泪眼中，他看到一个熟悉的身影从海的方向向他走来。是雪婷，她怎么这么快就回来了？

他赶紧先擦干脸颊上的眼泪，但是泪水还是忍不住地继续向下流，无法控制。他坐起来，仓皇之间把浴巾盖在了头上。

"我忘记补防晒了。"雪婷在他旁边的躺椅上坐下来,放下游泳圈,从包里拿出防晒霜,自己抹了起来,"你这是演的哪一出?"她问。

这一出叫:
身体想美黑,但脑袋想防晒。

浚言不敢出声,因为他如果说话,就会是大哭过后而带有浓重鼻音的可疑声音。雪婷没理会他,把自己能擦到的地方都补上了防晒霜,然后把防晒霜递过去:"喏,帮我抹一下背上。"浚言缓缓地把浴巾拿了下来,他的脸颊上全是泪水,鼻子红得像小丑,已经无法用鼻子正常呼吸的他用嘴巴一张一合地喘着气。

他们俩面对面坐着,雪婷看着他。紧接着,整个海滩上的人都看见了一片能压住一个城市的乌云。

"初恋的味道就这么感人?" 送命题。

这句话把一只停在旁边的海鸟吓飞了。雪婷说这句话的时候,伞的阴影罩在她的侧脸上。正当浚言在一片慌乱中不知所措,不知道该说些什么的时候,雪婷喝了一口鲜椰子汁,而不是龙舌兰,然后说:"我们谈谈。"这是每个男人都最讨厌的开场白。

"我们在一起三年,生活在海南,全中国就咱们这儿能看见像样儿的海。这三年里,你无数次感冒,但你对大海是从来不感冒的。"她说起了和浚言刚刚交往时一起去海边的情形。那时候,刚从内陆城市搬到海南的她,和他这个海南本地人不一样。说实话,当浚言看到她在大海面前那个激动、那个失控的状态,是有些惊讶的。

雪婷提起他那时候对于海的冷淡,甚至都怀疑那份冷淡也有自己这个女朋友的份。雪婷越说越气,好像快要哭出来了,她说她永远都不会忘记浚言的那句话:"海嘛,不就是这样吗?"

浚言本想起身过去抱抱她,却被她一把推开。雪婷指着巴拉德罗的这片海,语气严厉,一个字一个字地蹦出了他曾经说过的那句话:"海、嘛、不、就、是、这、样、吗?"

> 所以有人才会不断地旅行，在习以为常之前，去见识下一站的惊鸿一瞥。

时间是一个讨厌的家伙，它总是在一片温润之中把很多欣喜慢慢熬成平淡，<u>惊鸿一瞥最终退成习以为常</u>。海南的海于浚言而言，就是这样逐渐成了平淡的日常。他现在已经快记不起第一次看见大海的心情了。在后来漫长的岁月里，海一直在身边。浚言越来越习惯于它的存在，甚至不再感到澎湃。

> 如果可以换，谁不希望自己的日常是这片平淡的海呢？

海嘛，不就是这样吗？

但是现在，在这个波浪被光线折出曲折的正午，梦境一般的巴拉德罗又一次点燃了他与大海之间的火光。那些龙舌兰还不成气候，他没有醉，却跟醉了一样。或许是刚刚的那两个大爷突然鬼使神差地让他爱上了这里的海，被他称作"不就是这样吗"的海。

> 或许他爱上的不是这片海，是正午的酒精和正午饮酒的风情。

而所谓的初恋的味道，是真的，不过最神奇的事情是他的脑海中并没有浮现初恋女友的容貌，也没有半点初恋时期的景象。浚言想表达的，只是一种感觉，一种一生只能有一次的感觉，一种他无法和雪婷

> 唉，男人，总是初恋来初恋去的，一整页了都。

分享的感觉。

雪婷就坐在浚言的对面，突然用双手捂住了眼睛，不知道是不是在哭，更不知道她是不是习惯性地在翻白眼。浚言乱了，肯定是"初恋"这两个字太伤人，但他又不知道应该怎么解释。

不知道过了多久，可能是三十秒，也可能是三分钟。时间，在这个海滩上被拉得很模糊。而就在海鸥的叫喊声里、海浪的翻腾声里、周围小孩的玩闹声里，浚言听到了雪婷说的那句话。他发誓，他这辈子都不会忘记那天她说的这句话，雪婷说：

"海南的海翻了一千个白眼。"

一瞬间，两个人都笑场了。在古巴的海风中，除了咸味之外，这对相处了三年的情侣尴尬地闻到了一股醋意，那绝对是海南的海的醋意。

生活让我们麻木，好在醋意会提醒我们，爱还存在。

对，肯定不是雪婷的醋意。

其实没有人会知道他会在什么时刻突然对一件麻木的事情如遇初恋。浚言甚至矫情地想起了之前读过的一个诗句：我找到了爱你的秘诀，永远当作第一次。当然，这句话，他没有告诉雪婷。

离开海滩的时候已是傍晚，在一片粉红色的晚霞中，他们路过了那个马路边的石凳，两个酒鬼大爷已经不知去向，只剩下两个空空的酒瓶和两个用过的一次性酒杯。

可怜的娃，
馋了一整章都没喝着。

杰克和肉丝

贾明是一个"真"明白人。名字是妈妈给起的，老夫人酷爱《红楼梦》，连找老公都往贾府里找。给儿子单起了这个"明"字，期盼之情不言而喻。

> 爆爆：还好不是酷爱《西游记》，不然还得像我找一个光头的。

贾明从小读书就不在行，却喜欢读书。成绩总是上不去，也上不了好的大学，但是课外书是真没少看，这练就了他极佳的眼力，看人准，看事儿也准。

> ——请问看的是算命的书吗？

贾明从来不显摆，像是始终牢记妈妈在名字里放进的忠告：前程可以很明亮，明白却不用总在明处。所以，我喜欢贾明，更喜欢和贾明喝酒。和明白人喝酒，就能越喝越糊涂；和糊涂人喝酒，才会越喝越明白。

> 一句话：揣着明白装糊涂，心知肚明，守口如瓶。

贾明有着一个标准的奋斗人生，一步一个脚印，没有横财，也没有暴跌。他比我大，年纪早就过了世界卫生组织关于青年的界定（也就是四十四岁），如今是一家实业公司的股东，生活富足。但在找老婆这件事情上，真搞不懂这个男人是真糊涂还是假明白。说他假明白，是因为他这个年纪还没个家，不合常理；说他真糊涂，他身边也没少过年轻貌美的"女性朋友"，稳赚不赔。

去年，我们流浪酒徒一整个大部队约着去日本看樱花，其他的大佬们都坐了国航，贾明本着朴素的生活原则查到了日航的头等舱能便宜一半，不过是一个红眼航班，深夜才出发，到日本已是凌晨。

> 酒吧老板：哪有什么红眼航班？
> 他只是把平时喝酒的时间用来坐飞机。
> 喜欢。+1

他在群里宣布了这一发现，不料，只有一个人回复他。这个愿意和他一起红眼的人叫薇蓉，女的。

> 这红眼航班真让人眼红。
> 樱花开了，老绅士的春天来了。
> +1

两人也不好意思在群里张罗，便互加了微信，私聊起来。薇蓉是一家金融公司的合伙人，也有节省的习惯，这一点让贾明很欣赏。要知道，她住在北京市郊的一个大别墅里，平时接触的都是真正的大老板。

> 近墨者黑，
> 平时净跟大老板学习抠搜了。

· 171 ·

> 突然脑补：长头发、中山装、布鞋……
> 我是不是对现代诗人有什么误解？

薇蓉的老公是一个诗人，说起来，像是这个世界上快要灭绝的物种。贾明听很多朋友说过，他们夫妻俩保持着一种令外人非常羡慕的关系：诗人在家写诗，悠然自得；薇蓉在外打拼，大杀四方。

> 不不不，诗人是种自以为还活着的物种。

他们俩是在订机票的时候才加的微信，如今两人并排在飞机上坐着。三分钟前，薇蓉突然降低了她高谈阔论的声音，像一个贼似的对贾明低语："斜前方那一排的那个男的，好像是我的邻居。你看他的手上是不是有一个玫瑰的文身？"

> 你俩又没啥，搞得像出门遇到鬼。+1

贾明装傻，没有回应。薇蓉说："我去上个厕所。"贾明拦住她："你等一下，现在就看过去，太明显了。"隔了十秒之后，贾明看到男人拿水的时候右手上确实有一朵玫瑰的文身。

和那个男人并排坐的是一个其貌不扬的中年女人。她转脸跟男人说话的时候，贾明看到她眼角的皱纹。"她旁边那个女的不是他老婆吧？"贾明不紧不慢，薇蓉倒是一脸惊讶："你怎么知道？"

贾明拿起面前的那杯香槟，喝了一口："能让你这样一个金融大鳄如此大惊小怪的，只能是总统跳楼，公主卖肉，外星人攻打地球，或者有家室的男人带着小三去郊游。"

> 但这说唱也不怎么让人瑞思拜（respect 的音译，尊重之意）。
>
> 不要。

"你哟……嘴是够溜……就是有点儿油……小心姑娘绕着走……"薇蓉几个字一停顿地努力押韵，一定要凑够贾明的打油体字数。她从小就是第一名，最讨厌被男生打败。贾明被逗笑了，他早习惯了身边女孩故作温柔的模样，如今旁边的这只斗鸡，倒是激发了他的斗志。

> 你俩在天上来场掰头（battle 的音译，较量之意）吧。机长，drop the beat！（放音乐！开始！）

他抿了抿嘴，说："而且，你认识那个女的。"薇蓉脸上掠过一丝藏不住的惊讶，但她很快压了下去，把眼睛一沉，嘴角一扬："来，说说看。"贾明没有立刻搭话，一个空姐正好经过，贾明转过头去，对空姐说："请给这位女士也来一杯香槟。"

空姐转身去帮他们取酒，贾明又转向薇蓉，说："因为你自始至终都没有要求我去帮你看看这个女人

> 同是看《名侦探柯南》长大的小伙伴吧？

· 173 ·

的情况。"空姐把酒送过来，薇蓉接过酒杯，把香槟举到半空中，做出要碰杯的姿势："很高兴认识你，贾明。"

"很高兴认识你，薇蓉。"两人碰杯的声音有一股温柔的硝烟味儿。薇蓉解释道："女人是那个男人的客户，我在一个饭局上见过。"贾明疑惑："客户的话，有没有可能是工作应酬？而且这个女人应该不是小三的类型吧，至少我肯定不会找这样的小三。你……"

贾明被薇蓉眼睛发出的冷光吓停了，薇蓉说："贾明同志，你说说，为什么你们男人对小三会有这么深的偏见呢？"

贾明两眼圆睁，正想反驳，可是薇蓉没有给他机会，她接着说："我就搞不懂了，为什么你们一提到小三，脑海里浮现的就是假脸浓妆大胸妹，以至于你们从来都不把温和的中年女子作为小三候选人。怎么，三十岁以上就得自动退团，没法加入小三的大军了？"贾明双手往外一摊，只能承认薇蓉说得有些道理。薇蓉把身子往贾明的方向靠,声音放低了一些:"会咬人的狗不叫,你可听过?"

也不知道是因为这个"狗"字太过刺耳,还是因为别的什么,薇蓉的目光在说完这句话后就和斜方前排的那个男人短兵相接。*空姐:乘客朋友们,为了最大限度地降低您的"社死"风险,请您登机时敷上面膜。*

→ *哈哈哈。*

她挥了挥手,使出浑身的力气支撑住两腮的肌 *哈哈哈×2*
肉,努出了一个贾明五年来看过的最尴尬的笑容。那男人也挥挥手,他的笑容比薇蓉的从容,但更局促。两个人都没有站起来,那个男人转过头去之前快速地打量了一下贾明。*以为看到了救命稻草。*

薇蓉的眼睛还在那个男人身上,嘴巴的方向朝着贾明:"我上个月参加了他和他太太结婚五周年的派对,他们俩是我们圈子里的模范夫妻。金融圈的人是靠信息 *裹着糖衣,*
活的,真幸福假幸福一年一定露出端倪,但他们是从来 *药丸也让人*
没有过任何传闻的。你刚刚探查的玫瑰文身——" *觉得甜。*

贾明没等薇蓉说完,直接插话:"是因为他的老

· 175 ·

> 文身和婚戒都是给外人看的，外人越赞不绝口，自己越熟视无睹。

婆叫 Rose（玫瑰），他是把老婆的名字文在了一个任何人都能看到的地方。"

薇蓉突然把那杯酒全干了："全对。他旁边这位女士以前是一个模特，很漂亮，嫁了一个非常有钱的新加坡人。但是她现在应该五十岁了吧。那个男人呢，也是一样的情况，他们家主要靠他老婆。两只寄生虫一起出来玩……"

> 也别把人往坏了想，他俩可能只是出来探讨寄生业务的？

贾明也干掉了杯子里的香槟，一句话没过脑子，就从他的口中溜了出来："所以，这个男人也是个诗人？"薇蓉脸色变了，她也没藏。贾明一下就知道自己说错了话，不仅暴露了自己打听薇蓉的事实，还在这个节骨眼上捅到了薇蓉的痛处。

薇蓉只说自己累了，便没再说话。半个小时后，薇蓉内急，可要到卫生间，就必须经过那对男女。那两个人睡着了，薇蓉偷偷摸摸地路过他们，生怕发出任何声响，像一只脚上长着肉垫的猫。

> 多虑了，这时候你在他俩身边蹦迪，他们也只会装死。

下飞机的时候，那个男人还是礼貌性地转过来，和薇蓉招了招手，他们自始至终都没有说上一句话。可能除了贾明，他们都太渴望结束这一段旅程，这三个人就像被放在火上烤着，发出"吱吱吱"的声音。

随后的日本赏樱之行，大伙都玩得不错。整个旅程，薇蓉都和她的几个闺蜜腻在一起，贾明好几次想找机会和薇蓉道个歉，搭个话，总是没有逮到机会。旅程结束，还是他们俩一班飞机，依旧是红眼航班。

> 女人要想和你说话，你处处是机会。
> 同意。

从在酒店叫车，到安检出关，贾明一路都对薇蓉照顾有加。薇蓉是个聪明人，她装作什么都没有发生的样子，迅速恢复了热络的状态。东京明朗的星夜里，两人登上返回北京的飞机，他们还没有坐下，就看着那个有玫瑰文身的男人和那个女人迎面走来，走到和他们并排的位置，坐了下来。

> 这是个狗眼航班吧？有妻啊！
> 哈哈哈哈。
> 绝了。

贾明靠窗，薇蓉靠过道，中年女人靠那边的窗，"玫瑰"男人靠这边的过道。世界上有那么多航班，他们四个偏偏就走进了这一架波音787。

> 都是缘，孽缘。
> +1

刚开始彼此见到的那一刻，那个男人脸上就像一块湿透了的毛巾，轻轻一拧，就能挤出一大桶的柠檬水来。但那个表情只是短暂地闪现了一下，他不知怎么地就落落大方起来。他甚至主动迎上来和薇蓉拥抱问好，和贾明握了手。坐下之后，薇蓉一脸疑惑，只有贾明自个儿在那儿忍不住地笑。薇蓉问他怎么了，他只说："一会儿，你就明白了。""社死"也要体面，谁都别装看不见。 双押！

待飞机进入平流层之后，那个男人主动站到了过道上，拍了拍薇蓉的肩膀，这般情景，薇蓉也只好站了起来。

"这趟樱花之行怎么样？"那个男人咧嘴笑着说，露出一排整齐的白牙。

"挺好的。看你们家院子里种的可是桂花树，没想到你喜欢的是樱花啊。我真挺意外的。你这趟怎么样？"薇蓉可不是省油的灯。

"我也挺好。"接着，他单刀切入主题，"我和她呢，其实维持这样的关系也有一年多了。之前一直都特别小心谨慎，连酒店都不敢去，但总觉得还是要有一次浪漫的旅行，这不就大着胆子碰碰运气，没想到运气实在不好。"

那后边这些对话，作者是付费听的吗？我要付费！

两个人笑了几声，那笑容干得就像飞机里的空气。他们说话的声音压得很低，就连笑声，旁边的贾明也几乎听不见。薇蓉何等机灵："放心，在飞机上发生的，就留在飞机上，我不会让它落地的。"

"我也是这么想的。"那个男人一副轻松的姿态，"咱们的事儿，都不落地。" *笑死，文玫瑰花的大哥就是不一样，自己玩还带别人下水！*

威胁谁呢？信不信让你都不落地。

"咱们？"薇蓉回头看了一眼正在假装看书的贾明，又回过头来看着这个男人，"我和他？"

"是啊，你帮我保守秘密，我也帮你保守秘密，你放心。"那个男人在讲这句话的时候特意放慢了速度，像担心薇蓉听不清一样。 *哈哈哈！没想到吧！*

"哈哈……"薇蓉爆发的笑声让整个头等舱的人都听见了。她赶紧压低了声音:"你误会了,我和他这次来日本头一次见面。"

"真的假的?"男人的眼珠转到眼角,一副不接受敷衍的模样。

"你还不信?"薇蓉拿起手机,翻出了一张大合影,递给男人,"是跟着十几个朋友的大团来的。喏,小米姐、老乔都在,你认识他们的呀。我们嫌他们的航班太贵,是贫穷把我和他凑到了一个航班上。"

> 傻眼了吧?
> 没想到被救命稻草压垮了吧?
>
> 整段垮掉

"这样啊。"男人把手机还给薇蓉,下意识地看向贾明。贾明抬起头,本来想打招呼,谁知薇蓉一脸嫌弃:"好好看你的书。"男人有点蒙,顺势整理了一下衬衫的领口,他仔细地将最上面的那颗扣子扣了起来,那是一件粉红色的衬衫。可能是突然间的沉默让一直在那边戴着耳机的女人感觉到了异常,她第一次抬起头,望向了正在聊天的两个人。薇蓉向她招了招手,露出自己职场惯用的微笑:"你好。我们见过。"

那女人取下耳机，站起来，和薇蓉握了握手："来的时候，我就跟他说你人特别好。"

薇蓉很从容："刚刚我们在聊一个项目，他们是甲方，我们是乙方。你知道，我们公司是非常专业的，我还在跟他保证客户的各项权益是一定不会有问题的。安全保证，隐私保护，收益回报……"薇蓉在列举这几个词的时候，并没有把任何一个词加重语气，她的手左一下右一下地摆弄着。 圈起来，隐私保护是重点，要考！

那个女人点了点头，只说了一句："你们聊，这些我也不懂。"她继续戴上了耳机，但谁都知道，那个耳机里肯定什么声音都没有。不过这也不要紧了，因为薇蓉和那个男人的对话也随之结束了。回座位前，那个男人还告诉薇蓉："向你们家那位带好。"

天才啊！
薇蓉盯着他："我这次都没有遇见过你，怎么向他带好？"男人向薇蓉比了一个大拇指，坐下了。

薇蓉一坐下，就掐了好几下贾明的胳膊："原来

> 贾明掐指一算……

你在笑这个！"贾明又笑了起来，薇蓉气不过："你怎么这么能啊，什么都知道。说，你还知道什么？"贾明没有马上回应薇蓉，他叫了空姐，点了两杯香槟，他把一杯给薇蓉，一杯举在半空中："来，祝贺你挣脱婚姻的牢笼，重归单身。"贾明喜提官宣。

撒花！

在日本赏樱之行的两个月前，薇蓉刚和丈夫办完离婚手续，诗人老公随即就去了欧洲。她好面子，这件事只告诉了关系最好的闺蜜，也不知道贾明这个大神通是从哪里打探到的消息。这次日本之行就算是薇蓉给自己放的假，想着努力努力，从失败的婚姻里往外走走，反正以后的生活就是另外一番天地了。

> 我们的归宿不就是那个能将自己军的人吗？

这可好，在这班名叫尴尬的飞机上，自己却被初识的男人将了一军。面对贾明的敬酒，薇蓉没有任何动作。贾明主动把酒杯碰了上去，自己先喝了一大口，紧接着说："还有就是，感谢你这位朋友让我们这两段旅程变得这么有趣。我就不过去敬他了，你代他喝。"薇蓉语塞了几秒，然后对贾明说："你误会了，不是他们，而是你。是你让这次行程变得这么有趣。"

薇蓉虽然厉害，但是慢热。贾明虽然心急，但是有耐心。从日本回来后，贾明就对薇蓉展开了有针对性、有力度、有韧性的攻势。是我率先发现这俩人不对劲的，每次酒局，两人一定不同时出现，一定不同时走，也一定不坐在一起。 最终，在贾明的穷追猛打下，薇蓉在自己的院子里种了两棵樱花树。那个大大的别墅又变成了两个人的家。

有一天，薇蓉挽着贾明走在回家的路上，过了一个转角，他们撞见那个男人挽着妻子向他们迎面走来。自从日本回来，薇蓉就再也没有接到这对夫妻的任何派对邀请。薇蓉主动招手，两个女人还是像以前一样拥抱，亲脸颊，一顿热络，只剩下两个男人大眼瞪小眼。那个男人的眼神里爆发出一股杀气，贾明感受到了。等到女人们寒暄完毕，贾明对那个妻子伸出了手："Rose，你好，第一次见面。"

"你怎么知道我叫 Rose？"那妻子没有握贾明的手，一脸诧异。

敲山震虎，杀人诛心！

"薇蓉提起过，说你和先生特别恩爱，我们要好好向你们学习。"贾明转向那个男人，再次伸出手。"没有，没有。"那男人说，"你好，我是 Jack。我们是邻居，以后多多关照。"他握住贾明的手，使出了浑身的力量，就像要把贾明的手捏碎一般。贾明还是面不改色。那妻子对薇蓉说："以后多走动，欢迎你们来家里玩。"他们分开以后，Jack 两次回头，他看见贾明紧紧地牵着薇蓉的手。Rose 问他："为什么你都不让薇蓉来我们家玩了？我其实挺喜欢她的。"Jack 说："人家在热恋中，你没看到吗？"

回到家，薇蓉瞬间瘫倒在沙发上。贾明从冰箱里取出两瓶水，把一瓶递给薇蓉："那个男的一直都叫 Jack 吗？杰克和肉丝，现实版泰坦尼克号啊。真够浪漫的。"

薇蓉一下把喝到嘴里的水喷了出来："不是。但是我问过所有共同认识的朋友，没有人知道他以前叫什么。" *那是因为遇到妻子前，他是 nobody（谁都不是）。*

得克萨斯

没有好运

"不准带酒!什么酒都不行!不准带瓜子!不准带单反相机!"老乔跟我和图图说这些话的时候,眼睛瞪得像两只灯笼,散发出火光。我愣在那儿,心想:明天不就是一次打猎吗?至于吗?

去年,老乔组织了一个十几人的打猎团,大老远地从北京到美国得克萨斯州打猎,最后就打到了一头野猪。听说在练习射击的时候,拍照就用了一个半小时,然后一路上都在刷朋友圈。这样的表现着实让好面子的老乔丢尽了颜面。

> 估计修图也花了一个半小时。

> 老乔的颜面没丢,只是分摊在了其他人的朋友圈里,大家都觉得倍儿有面。

老乔是这家美国猎场的股东,投资以后顺便想培养点兴趣爱好,谁知道他武器装备倒是一次比一次先进,可要论打猎水平,我只能说他酒量还不错。

爆爆:那他可以喝翻小动物。

猎场的另一个老板身材魁梧，典型的美国中部中年男人。就是他，在去年那次打猎中，全程嫌弃脸，这让老乔下定决心，今年，一定要让他知道中国人的厉害。Flag（目标）立起来了，正片开始。

> 毕竟所有人都把他的中部世界当成了北京动物园。

无奈，当老乔阐明了原委，报名的就只剩下我和图图。我呢，纯粹是出于好奇。图图呢，应该是要挑战自己。所有酒友中，就找不出一个比图图更弱的。不到一米七的"娇小"身材，一副眼镜，嘴巴尤其厉害。如果非得把图图和杀戮扯上点关系，那他一定是一个刺客。 也可以是个法师。

> 林芝：那他应该去转山。

> 图图：过誉了，我顶多是拿唾沫淹死人的堂客。

老乔本来还担心该怎么拒绝报名的美女们，可根本没有一个美女愿意参加这么紧绷的打猎活动，还不让照相…… 对一些女生来说，不让照相约等于白跑一趟。
不能照相，猎到外星人又如何？

最后的队伍一共有四个男人。小陈是老乔的秘书，以前当过特种兵，上次没跟着，这次被老乔寄予了极高的希望。我和图图的存在，就是为了给小陈做个陪衬。

> 小陈：犯我老板者，虽远必诛。

打猎日前一晚，我和图图在酒店的酒吧大口喝着得克萨斯州自产的啤酒，一副悠闲姿态，反正第二天我们越蠢笨，小陈就越英武。"我们还是悄悄地带点啤酒吧。"图图说，我举手同意。我们在酒吧要了两瓶啤酒，准备明天就装在自己的保温杯里，装作是水。

> 中年人的保温杯里不只有枸杞，还有枸杞酒。

酝酿这个计划的时候，我的手机铃声响起，老乔语气急促："你们俩在哪儿？"图图在一边把双手摊开，一边做着嘴型："房间……房间……"我心领神会，对老乔说："房间呢，怎么了？"

电话那头传来了几声重重的敲门声，老乔炸开了："我就在你们房间门口，你们怎么不开门？"我和图图撇着嘴，大眼瞪小眼，急忙干掉杯中的酒，火速离开酒吧。酒保追着我们说："先生，您忘了您点的两瓶啤酒。"图图扭头对酒保说："送你了。"

> 酒保：要不说中国人热情呢，请客都请到我家了。

我们一出电梯门，就看到老乔笔直地站在电梯间，双手叉腰，微卷的头发向上怒冲着，像是戴了一个冠子。他快到一米九的身材，带着如今的气场，简

· 188 ·

直就是一堵墙挡在过道入口处。

> 就是，喝酒也不叫人家。

"你们怎么这么没有团队精神？"老乔发脾气。我傻眼的同时，图图忍不住打趣说："请问一下，我们是中国代表团，明天是要参加奥运会吗？"我笑了起来。老乔还是一脸严肃："小陈发了高烧，明天就只有我们仨去打猎。"

> 面子代表队，一号种子。

轮到我和图图一把火上来："他凭什么在这个时候发烧？发烧就能不上场吗？有没有一点奥运精神？"老乔冷静下来："他已经在旁边的医院躺下了，医生说不仅明天，这几天都得静养。"

> 小陈：犯我老板者，I'll be back（我会回来的）。

"行了，别在这儿大吼大叫了，一会儿吵到其他房间的客人。"图图径直地穿过老乔，向我们房间走过去。一进门，老乔一屁股坐在我的床上："明天至少我们要打中一头野猪！要不然我真的丢不起这个人。"我疑惑："你们上次不是也打到了一头野猪吗？"老乔啧了啧："放屁！那是马克，哦，就是我合伙人实在看不过，让他的猎犬去叼回来的。他们啥

> 这哪是打猎？这明明是打咱的脸。
> 对啊。

但朋友圈看起来像人手一头。

189

> 老乔：别再让我听到"朋友圈"三个字，比赛第一，友谊……去他的友谊。

也没打中。"图图松了口气说："那就好，至少有一头可以发朋友圈。"老乔一眼恨过去，充斥着杀气。我缓解气氛说："不不不，要这么想，我们自己打一头，老板放狗叼一头，这样我们就能有两头了。"老乔又把眼神杀向我："记着，明天，别给那只狗脸。它去年的眼神，我现在都还记得。那是老子这辈子第一次被一只狗嫌弃。"其实你最想打的是这只狗吧？

> 也许这是这只狗对你的最高赞誉。

> 肯定是。

老乔猛地站起身来，拍了拍裤子，搞得跟上面有尘土似的："这样，你们俩早点睡，好好休息。明天咱们哥儿几个一定要加油！我会跟猎场老板说延长射击训练的时间。射击训练不准拍照！我就不信了，这次还能是个鸭蛋。"说完他便走出去，把房门带上了。

那扇门在五分钟后再次被打开，我和图图又回到了楼下的酒吧，跟酒保要那两瓶啤酒。他已经喝了一瓶，我们就把另一瓶厚着脸皮要回来了。回房后，我们把那瓶啤酒装到了图图的保温杯里，便睡下了。

> 酒保：你们这热情也咸不持久了，三分钟热情啊？

第二天早上，老乔带着和我们一样的装备，出现在猎场接待大厅。"三个火枪手！"老乔大喊，就好像是赛场上队长给队员鼓劲。我和图图觉得有些尴尬，主要是心里没底，特别是马克出现在我们面前，他上下打量了我们俩，豪迈地挥了挥手，用和老乔一样的语气大喊："走！我们出发吧！干死这群野猪！" *打脸预警。*

我们步行来到接待大厅旁边的练靶场，看着整齐排列在墙上的枪，图图调皮地说："哇哦，原来打猎是需要用枪的。"我笑得前仰后合，老乔面无表情，却只顾着把两把枪都放到我们手里："练！" *让子弹飞一会儿。*

此处响起一声羊叫：咩——

老乔已经是轻车熟路，但我和图图从来没有摸过枪。从手枪到猎枪到 AK47，我们俩的姿势越来越标准，感觉越来越好，但打上靶的次数，没有。

自我感动式训练，哈哈哈哈。

一个小时之后，我们放弃了本来要延长训练时间的决定，准备出发。倒不是因为已经准备好了，只是觉得如今这水平，练一个小时和练一上午，不会有太大区别，还不如给打猎留更多的时间，多碰碰运气。马克很惊喜，对老乔说："这一队，不用拍照？"老这么长脸的时刻不拍照留念吗？

乔骄傲地摆了摆手。就这样，老板和三个火枪手，加上一条猎狗，踏上了打猎的征途。

车开出去没多久，我们就看见了野猪群，再仔细观察，就能发现这里的猪被圈养在栅栏里，定点有自动化机器投食，都算不上真正的野猪。我问老乔："这是专门给打猎菜鸟玩的场子吧？"

老乔不屑，问我："配不上你的枪法？"图图被刺激到了，说："老乔，你玩过娃娃机吗？"老乔不解，图图解释："你要是玩过娃娃机，就会明白，娃娃机和这里的设置其实没有太大差别，野猪没有障碍物可以躲藏，我们只要密集开枪，别说一头了，都能猎出一顿杀猪宴来。"老乔只说："你先给我打一只试试。"

那说明打猎真的很难啊。

马克打断我们："车一熄火，你就开火。"车第一次熄火，我们被惯性甩了一下，图图控制住倾斜的身体，架好枪，也不知道到底有没有瞄准，"砰！砰！"就是两枪，枪声洪亮！我们正准备看看哪一头野猪中枪，但眼前的景象却是：没有一头野猪因为我们的到

> 野猪：我还以为这群人是来抢食的，看到是来打猎的，那我就放心了。

> 是见惯了大风大浪的猪。

来而分心，它们吃食吃得正香。我感觉到了图图的挫败，或许是因为失败，我同时感觉到了一股慢慢酝酿的杀气。

第二次熄火，我们预料到了惯性，提前就绷紧了身子。我第一次架好枪，放慢了节奏，在瞄准器上校准，"砰！砰！砰！"连开三枪。那声响震得耳膜直哆嗦，火药味也涌进鼻腔，这三枪和前两枪一样，都丝毫没有影响野猪的食欲。

> 不要气馁，就这么打，野猪准能撑死。
> 也许促进了野猪进食呢？

猎场老板看出了我们的紧张："第一枪如果没有打中，没有必要再连续补枪，很小概率会成功，不如重新瞄准。"老乔追问："你觉得他们还有什么问题？"

> 报名打猎就是最大的问题。

老板摸了摸胡须，说："不要在觉得自己瞄准的时候扣动扳机，因为你觉得瞄准的时候，其实枪口已经偏了。"图图若有所思，我猛地点头："经过你这么一说，我宣布：我放弃！"

> 试试把眼睛闭上，说不定就打中了。

车子第三次熄火，老乔上阵，一枪，两枪，三枪。"老乔，太过分了！"图图大叫道，"姿势那么标准，打偏那么稳定。作为老板，也没有这么'护犊子'的。"老乔不耐烦了："你给我滚一边儿去！"后来，我们每个人都试过三轮，车子停下了整整九次，射出的子弹不下三十颗，打中的野猪：零。

说什么来着？

不知不觉，在我们一次次的失败中，一个上午过去了。我们从刚开始为自己没有打中而惊讶，到后来我们为可能的狗屎运而祈祷，三个火枪手渐渐失去了斗志。

马克有些不耐烦了，问老乔："还是老样子？"看着那只猎狗跃跃欲试的样子，老乔赶忙拒绝。马克下了最后通牒："最后一轮！"

图图和老乔完成了自己的最后一轮，两个人都成功地领到了各自的鸭蛋。车最后一次停下来，我努力保持冷静，身体却比之前都要放松，最后一搏，拼的其实是一种气场。瞄准，我扣动扳机，只打了一枪，砰！一秒钟后，我们看见一头野猪重重地倒在地上，抽搐着。 撒花！撒盐！撒孜然！

虽然不是打中要害，但也够了，车上一阵欢呼。最开心的要数老乔，这一枪也终结了他朋友团的零命中纪录。图图把装着啤酒的保温杯递给我："来来来！终于可以喝点儿水了。"我摆手，那头野猪还没死，事情就还没有结束。

猎场主放狗，把被打中的野猪擒住。在一声声惨叫长鸣中，猎狗把它拖到了我们面前。但当我和野猪面对面的时候，一切都不一样了。"爆头！了结它！"猎场老板把枪交给我。那头猪横躺在我面前，喘着粗气，它仿佛知道自己的命运，没有任何挣扎的意思。而我，食指在扳机上像是被按下了暂停键，一动不动。我不知道自己是怎么打中它的，但我知道，我根本没法打死它。

图图再次把保温杯递过来，说："喝点酒！壮壮胆！"那杯子盖一打开，一大股啤酒味儿就飘出来了。老乔在一旁忍不住了："啤酒怎么行啊？"他重回车里,把自己的保温杯拿了出来,一把递给我:"喝这个,大口喝!"老乔在自己的保温杯里倒了满满的纯威士忌。猎场老板被逗笑了。

↓你这脸打的,比枪都响。

我接过杯子,三大口威士忌闷下去,感觉从口腔到喉咙到食道到胃都在燃烧,头上一股劲儿冒上来,视野突然聚焦起来,连那头猪身上的毛孔都清晰起来,更别提它身上的伤口,以及它忧伤的眼神了。

"打啊!你干吗呢?"老乔在一旁急了,我却突然生气起来:"你给我闭嘴!等着!"这股冲天的怒气倒不是因为自己无法扣动扳机的懦弱,也不是因为身为一个大男人而萌生的羞耻,而是因为在那个时刻,我的内心猛然喷涌出一种怜悯和敬畏:"我为什么要杀死这头猪?这头猪是不是也有它自己的伴侣和孩子?"这简直是莫名其妙。

正当我的世界陷入一片黑洞,我感觉手上的枪被一双有力的手夺了过去,接着就是"砰""砰"两颗子弹发射出来,没有一颗打中。我缓过神儿,惊讶地转过头,发现开枪的是图图。他随即往前跨了好几大步,离野猪头也就一两步的距离,架起枪,对准,又是一枪。那第三颗子弹穿过野猪的头部,血浆在四面爆裂开来,野猪断了气。马克冲狗打了一个响指,那猎犬本来一直在旁边看着,现在接到主人的命令,便听话地把野猪的尸体拖上了卡车的后座。

我们仨,包括开枪的图图,都被刚发生的这一幕吓得僵在原地。老乔手中的水壶"啪"的一声掉在地上,我赶紧捞起来,图图冲过来,把水壶抢了过去,几大口灌进嘴里,接着是老乔,接着是我。

然后我们上了车。车启动后,我们都没有说话,老乔的脸上没有出现本来应有的自豪神情,他眉尾和眼角都耷拉着,仿佛失败者的面容。

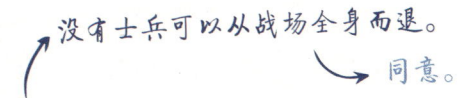

> 没有士兵可以从战场全身而退。
> → 同意。

我们刚刚经历了一次成功的猎杀,却没有谁高兴得起来。突然,图图大喊了一句:"你们快看那只猎狗的眼睛!"

猎狗的眼睛里不是老乔熟悉的嫌弃，而是闪烁的泪光。

"真晦气！"老乔说在他们老家，看到狗哭可不是什么幸运的预兆，他问我，"刚刚，就你开不了枪的那段时间，你在想什么？"我的视线却无法从猎狗的泪光中抽离出来，我没有回答老乔的问题，只反问他："换作是你，你能开枪吗？"老乔沉默了几秒，说："开不了。"我追问："为什么？"

老乔这个家伙转向图图，问："你是怎么开的枪？"图图说："我只是想行行好，别让它在这里受苦了。既然第一枪已经开了，就赶紧结束吧。"

慈悲才是最大的勇气吧。
→ 快刀斩乱麻也是一种怜悯。

回到出发点，我们三人都不在状态，出乎我们意料的是，马克邀请我们喝一杯。他挑了一家很典型的美国中部酒吧，给我们每个人都点了一杯啤酒，得克萨斯的风格是什么都要比美国其他地方大，包括啤酒杯。

这个老滑头，从野猪断气的时候，就看出了我们心中的困惑，这样矫情的顾客他应该也不是第一次碰到了。他可能看不上这样的矫情，
但这样的矫情，一生只有一次。

马克很快就喝完了自己那杯啤酒，好些沫子挂在他的胡子上，看上去滑稽极了。

聊着聊着，他从口袋里摸出了一颗空子弹壳，把它递到图图的手上说："小伙子，斯蒂文让我把这个子弹壳交给你，你好好留着。在我们这儿，这是幸运的象征。"野猪：在我们这儿，这是霉运的象征。

图图把子弹壳放进兜里，高高兴兴地准备把这份幸运带回家，顺便问了一句："谁是斯蒂文？"马克的胡子抖动了一下："我的狗。"

离开美国的时候，图图在机场被安保人员带进了一间小屋子里，他们拿出图图行李中的那颗子弹壳，质问他到底是怎么回事。图图满脸堆笑："这是你们的美国朋友给我的礼物，说这是一份幸运。"

那两个工作人员笑了,他们把子弹壳没收了,告诉图图:"对不起,先生,根据美国安全法律的规定,我们不能让您把这份幸运带回家了。"

得克萨斯的幸运就留在机场安保处吧。

回到北京后,我们在喝酒时讲起这次打猎,酒桌上还有上个打猎团的朋友,他们不服气:"我看你们也是打到一头野猪啊。"

老乔不服气,解释半天却换来一阵阵嘘声,直到图图在一旁冷冷地说了一句:"不一样啊。我们这次打猎的,是人。但你们那次打猎的,是狗啊。"

说"是狗啊"的,放学别走!

假如爱有天意

不幸的经济舱乘客各有各的不幸，幸福的头等舱乘客却大致相同。*傲娇的搬砖人：绿皮火车的快乐不是你们坐飞机能得到的（傲娇脸）。* 因为他们都有钱。

免费升舱的乘客：我们的幸福与众不同。

对于这一点，李渊虽然觉得很浮夸，但也只能觉得有道理。他工作和社交都很拼，常常酒局喝个通宵，然后赶清早的航班。

一年下来，省下了十几万的房费。

非著名占卜师：小伙子，三十五岁后你必成大器，命犯桃花！

三十五岁前，坐经济舱的他只能在的士上坐着打盹儿，顶着鬼一样的面容过安检，在失焦的视线里找登机口，然后在近旁的座位上蜷缩成一团休息。好几次因为忘了在手机上设置闹钟，他在登机口前错过了飞机。上了飞机，即使把座椅放到最平，也只能半躺着睡上一会儿。

宇成：早班机，睡眠和"飞车面膜"更配哦，本店买面膜送茶叶，登机睡觉，落地提神。

起个大早，赶个眼急。

> 非著名占卜师：我说啥勒的！
> 只要998，财运桃花带回家！

三十五岁后，他坐上了头等舱。去机场的路上，他可以把商务车的座椅放平睡上一小觉，接着，可以在贵宾休息室洗个澡，地勤人员会准时叫醒他，所以能后顾无忧地再睡一小觉。头等舱的座位可以躺平，这为沉入梦乡创造了可能。

> 小白：感谢科普，
> 我知道怎么坐头等舱了。

三十五岁前，在不少酒局上，李渊身边的损友们会以血型、生肖、星座、国籍等坐标盘点成果，李渊还是保有一种难得的纯真。

> 他用血型、生肖、星座看本周运势。

但如果这么说，确实没有抓住重点，实际情况是他在三十五岁这年才从北漂变成黄金王老五。这一年，他踩着狗屎，一路高歌猛进，在北京买了房，买了车，坐上了头等舱……

> 傲娇的搬砖人：来一斤！踩个够！
> 这踩到的得是哮天犬的狗屎吧？

朋友都说，这么看来，李渊前三十五年的纯情根本不值钱。就好像一个人是因为买不起头等舱才坐经济舱，还是买得起头等舱但非要坐经济舱，这是两回事。李渊也承认，这个绕口令话糙理不糙。

> 说的好像男人三十五岁之后的纯情值钱似的。

> 举个例子，前者是你，后者是比尔·盖茨。

> 世上有两种男人：
> 有钱的渣男和没钱的渣男。

三十五岁后，李渊在自己的生活中种满桃花，在情路上披荆斩棘，约会了一箩筐的女孩，像是喝了一整年不加冰的纯威士忌，虽然他也会抱怨呛得慌，但忙并快乐着。

非著名占卜师：他来了他来了，踩着桃花走来了。
傲娇的搬砖人：兄弟，只要桃花能打折不？
非著名占卜师：我看你面色发黄，
　　　　　　　必然是白天经常做梦呀。

因为工作的关系，他成了空中飞人，那些模特、杂志编辑、网络主播、蛋糕师、花店店主分布在全国不同的城市，每一次他落地，就会有一个女孩的思念在另一个城市里升空，手机相册地图上布满了各种颜色的小旗子，却没有一面旗子是红色的。

> 从此出差成了回家。那这得按户口备注微信，以防爱人错过。

直到三十六岁生日的前一个月，他又遇见了文慧。

"您好，我叫文慧，这次的飞行将由我为您服务。"文慧穿着一件带花纹的旗袍出现在李渊面前。她化着淡妆，皮肤很白，双手交错在身前，声音酥酥的，头发在后面盘起，插着一根白玉的发簪，衣服非常合身，尤其是脖颈和腰部包裹得非常完美。

加班到深夜的IT男：老天爷！
赐我一个这样的女朋友吧！

李渊愣在宽敞的座位上，一眼就认出了她。

三年前的经济舱里，这个女孩曾让他心动。但那个时候，他甚至不知道这个空姐的名字，只有在如今的头等舱，空姐才会从容地报上自己的名字。李渊带着僵硬的笑容回应："你好，我需要一杯咖啡。"

> 谷风：你成功地引起了我对头等舱的兴趣。

"好的，李先生。除了咖啡，还有别的需要吗？"李渊注意到文慧的语气比三年前平缓了很多，脸上的神情也更加从容。

> 谷风：微信，谢谢。

他细心地注意到文慧叫出了他的姓氏，他没有追问，心里暗自有了别的想法，只回答："咖啡不要太烫。"文慧点点头，又一一确认了所有头等舱乘客的需要，返回了操作间。她对接下来将发生的一切还毫无准备。

> 李渊OS（内心独白）：她这么叫我，一定是爱上了我。

她留意到窗外的晨光，内心起了一些波澜。同一时刻，李渊也转头望了望窗外，刺眼的阳光透过窗户射进来，他那双经历了通宵的眼睛却并不感到疲惫。本来瘫软的身体突然来了精神，三年前的一幕幕浮现在眼前。

> 这反应是看见了阳光，还是看见了回光啊？

那个时候的他三十三岁，事业有了一些起色，但每次出差还只能坐经济舱。他总会争取安全通道靠过道的位子。李渊身高一米八五，有着两条大长腿，一如既往的清瘦，卡在座位之间，活像一只俊朗的螳螂。

> 网瘾少女：不懂就问，俊朗的螳螂长啥样？

> 一趟飞下来，从节肢动物变成了截肢动物。

李渊很少会注意到空姐或者空少，因为他一沾上座位就睡着。第一次见到文慧的那次航班，依旧是清早的航班，依旧是通宵喝酒，依旧是坐下就睡着。

> 空姐：下次请看完安全演示再睡。

他是被同一排那个靠窗的乘客吵醒的，他恍惚中听见有个男人正在训斥着谁，睁开眼睛，他看见一个空姐顶着波波头站在过道上，神色十分难堪，委屈得一双眼睛水汪汪的，嘴里一直重复着："对不起！对不起！对不起！"

> 仿佛看到了实习的自己，本想三头六臂，结果三头进水，六臂打架。

文慧当时还在实习期，服务的熟练程度就和她画眼线的熟练度一样，生疏得能叫人一眼就看出来，就连道歉的姿态和动作都笨手笨脚的。但就是这样的笨拙让李渊在睡意与清醒之间燃烧出熊熊的拯救欲。

他耐心地等那个破口大骂的乘客发作，大致了解了事情的来龙去脉。在他睡着的那段时间里，文慧发放完了他们这一排的饭，但那个乘客没有领到餐具，他按下了服务灯，文慧没有及时解决这个问题。其他乘客吃得正香，那位乘客又按了服务灯。

> 在有些乘客的眼里，这属于飞行事故。

文慧姗姗来迟，知道是餐具的问题，立马就把餐具送了过来。不料那个男人却情绪失控，把刚到手的餐具直接摔到了地上，开始对文慧不依不饶。

文慧弯腰捡起地上的餐具，保证马上去换一套新的过来，转身小跑，不料却一个跟斗摔得像一只蛤蟆扑在地上。李渊听见"咚"的一声，将头伸向后方的过道，看见文慧在瞬间双手撑地，"嗖"的一下爬起来，拍了拍膝盖，继续向操作间走去。

> 坚强的人每一次爬起都会走向成熟。

· 207 ·

当时有小孩子发出刺耳的笑声，文慧那个狼狈且坚定的背影让李渊的心"怦"的一下，一个拯救公主的骑士在他的心中醒来。

李渊OS（内心独白）：就让我去拿餐具吧！

不一会儿工夫，文慧拿着新的餐具回来，恭敬地递给了那位大动肝火的乘客。想来他也不想把一个青涩的女孩逼到墙角，便开始埋头吃自己的餐食。

李渊抓住文慧的目光，用食指指了指自己，然后又用头指了指那个乘客，做出"要不要我帮你报仇"的姿态。文慧的反应很大，先是两只手一起摇，然后又双手合十表达了感谢。

李渊这才反应过来，如果现在插手，这个乘客可能会更加不爽，从而导致投诉。而投诉，对于每一个空姐来说都是一件恐怖的事情，甚至可能面临停飞。那位乘客确实不在理，但或许让他骂一骂，气消了，这事儿也就过了。*谁不在理就该罚谁，顾客是上帝，但无理的顾客是恶魔。*

李渊睡不着了，干脆拿了本书出来读，却又总是读不进去。正当他挣扎于书页与心动之间的时候，一个熟悉的声音响起："先生，请问您需要喝点什么吗？"他自己觉得从文慧的眼神里感受到了一种感激，但或许是自作多情。"你好，我需要一杯咖啡。"

这是李渊第一次在飞机上点咖啡。

> 那可以在咖啡里加点安眠药。

在飞机上，他不需要清醒，他需要昏沉的睡眠，尤其是在通宵饮酒之后。但是今天不一样，今天他在半睡半醒之间遇见了文慧。"咖啡有些烫，请小心。"

文慧把杯子握得很紧，正要递给李渊的时候，飞机一个小晃动，文慧因为害怕，因为紧张，手一滑整杯咖啡都泼到了李渊的身上，机舱里又再次响起了一连串的"对不起！对不起！对不起！"。

> 估计小姐姐跳伞辞职的心都有了。

> 咖啡果然提神啊。

瞬间，李渊下意识地弹了起来，但又被安全带给反弹回座位上。文慧赶忙递上纸巾，李渊快速地清理着自己身上的咖啡，他留意到文慧的脸，像极了一张拧过头的干毛巾。因为咖啡的一大半都洒在了裤裆上，文慧没法帮忙擦,她拿着纸巾帮不上忙,两只手焦急地在半空画着圈圈。看到这样的文慧,李渊笑了起来,他余光瞄到了另一边的无礼乘客,也是憋着笑,便知道他的气已经消了。这也算小丑救美了吧。

李渊问文慧:"你是不是觉得今天点儿特背?"文慧像马达一样地点头,两只水汪汪的眼睛瞪得大大的,波波头也跟着一抖一抖的。李渊接着说:"要不然你就少来我们这边吧。"

文慧真的就没有再来他们这边,这也断了李渊去要文慧联系方式的念想。他在飞机的洗手间换下了那条脏西裤,下飞机之前再也没有看见文慧。然后一晃三年就过去了。

加班到深夜的IT男:
放过这个女孩!让我来!

如今,在头等舱再次和当初的倒霉空姐相遇,李渊感觉像做梦一样。不知道为什么,他突然有了一种非要恶作剧不可的冲动。他又点了一杯咖啡,就当文慧用托盘给客人送饮品的时候,他假装自己在包里翻东西,然后猛地转身,把路过他的文慧撞倒了,那一

都怪头等舱的位子太大,
管不住你的手脚了。

整杯咖啡又一次直接洒到了他的身上。但是他没有想到的是，那杯咖啡挺烫的。

> 原来你想捉弄的是自己。

幸好，那是一个冬天，他穿着厚厚的毛衣，裤子里面还有秋裤，这一层一层的，能缓冲一下高温。不幸的是，那是一个冬天，厚厚的毛衣，裤子里面的秋裤，这一层一层的，还是都湿了。三年了，小丑还是你自己。

"先生，非常抱歉。"文慧临危不乱，马上递上纸巾，然后用自己手上的纸巾帮忙擦拭李渊的上半身，紧接着说，"先生，您把方便的衣服脱下来，我们帮您处理吧。"

> 雪婷：三年前的脏西裤翻了一千个白眼。

> 毕竟不能让别人知道自己穿了秋裤。

李渊表示不用。不一会儿，文慧拿了一个信封过来，双手递给李渊："先生，您洗衣服的干洗费，我们必须承担。"李渊本来想立刻拒绝，但他留意到信封上有一串数字，那应该是电话号码。文慧说："如果后续还有什么我可以为您做的，请您务必联系我。"李渊把信封收下了。Tony老师：您这可真是自来卷烫头发——烫得真直（值）。

· 211 ·

撩过多少个女孩，也会对你词穷。

下飞机后，李渊一直不知道该怎么打招呼。于是他在手机上写了删，删了写，最终还是没能发出去。他回到家的第一件事就是打电话去干洗店，当干洗店的取货员把衣服取走后，他还是犹豫不决。直到两天后，衣服送回来，没有一点污渍残留，他才终于找到了一个体面的问候理由，在手机里写下：

"文慧，你好，衣服洗得很干净，勿念。"

李渊这时候才打开信封，发现里面有两百块钱。十分钟后，李渊的手机响起，是文慧：

"李先生，您好，三年前的那一套也洗干净了吗？"

李渊愣在那儿，像被雷劈中一般。他回想起在飞机上文慧和他说的第二句话："好的，李先生。除了咖啡，还有别的需要吗？"

原来他不是唯一将往事带上飞机的人。李渊开始有些懊恼，他不确定文慧会怎么想，或许这次的恶作

当男人觉得女人会忘记某事的时候，想一想白娘子，一千年前的事她都记得一清二楚。

剧看起来像是一次拙劣的搭讪,甚至有些轻佻。*还有些自残。*

但他所有的疑虑都被文慧发来的微信好友请求打消了。李渊赶紧加了文慧,她发来的第一条微信言简意赅: *并备注"空中""泼妇"。*

"李先生,有空赏光喝个咖啡吗?这次保证不泼到你身上。" *只要能见到你,李先生能拿热咖啡冲澡。*

他们约在一家胡同里的咖啡厅见面,那天下着很大的雪。李渊提早到达,找了一个窗边的位置。文慧是准时到的,她在李渊对面的椅子上坐下。两人谁都没有说话,就开始一起傻笑起来,他们俩都不知道为什么,就是觉得特别好笑。

"所以,那天你早就认出了我吗?"李渊问。

文慧没有回答这个问题,只问他:"要喝什么,我请客。"李渊点了拿铁,文慧也点了一样的。接着,文慧深吸了一口气,说:"是啊,还记得三年前那次你帮我解围吗？我后来被乘务长骂得够呛，我本想去找你，但又怕那个生气的先生。等到我过去的时候，你已经离开了。我是一个脸盲，对我来说，要记住一个人的长相几乎是一件不可能的事情。所以我后来找了一个关系很好的朋友，开了一个很大的后门才通过你的座位要到了你的姓名。我就想，有了你的名字，总还会遇见的。"

可能只是在厕所里洗裤子。

谷风：
文慧你好，我是李渊。

脸盲的浪漫也太酷了，竟然在天上等了他三年！

李渊居然害羞地低下了头，他不敢看文慧的眼睛，也不知道该说些什么。文慧接着说：

"所以这次看到你的登机牌的时候，我一下子看到了那个我等待了很久的名字。再一看你的脸，就觉得肯定是天意。"

一定是指认出你了，毕竟早班机上有起床气的人很多，但有酒气的人只有你一个。

"天意？"李渊没反应过来。

文慧继续说："有一次我们礼仪培训，老师说到一个案例。话说有一次撒切尔夫人设宴招待非常重要的贵宾，一位侍女不小心把一整杯咖啡都泼到了撒切尔夫人的身上。全场的空气都凝固了,每个人都小声喘着气。但你知道伟大的撒切尔夫人做了什么吗?她做的第一件事情就是安慰了那个侍女,因为在全场,这个侍女才是最惊慌且尴尬的人。我在那个瞬间,第一个想到的人,就是你。"

李渊在来的路上设想了这次见面的很多可能性,但万万没有想到的是,自己会不知道该说什么。他好不容易找到了一个问题:"所以你又一次把咖啡泼在我身上的时候,是什么感受?"

"就是觉得自己见鬼了。你知道,一个空姐能够在三年内把同样的咖啡洒到同一个客人身上,这个概率有多小吗?"文慧说着说着,身子还是往前倾,朝着李渊的方向。*应该和一个客人在三年内被同一个空姐的同样咖啡洒到一样小吧?*

"我是故意的。"李渊觉得自己应该说清楚。谁知道文慧并不惊讶,她说:"我知道。要不然,我也不会给你我的电话。" *李渊:只要你主动,我们就一定会有故事。*

> 居然去掉了"之一"？

后来，文慧成了李渊的女朋友，但没有成为他后来的妻子。他们交往了一年，和平分手，好聚好散。

时间一点一点向前，文慧交了一个赛车手男朋友，后来分手了；文慧工作很努力，后来得到了公司一个很高的职位，会时常去飞机上视察；再往后，文慧嫁给了一个美国人，现在定居在上海；她怀孕了，生下了一对双胞胎宝宝……

> 当早餐时的餐厅飘满咖啡的香气，她是否会想起一身酒气的他呢？

而李渊的工作也越来越忙，甚至没有时间恋爱，他娶了一个非常娴静的女人，也有了自己的孩子。他不再通宵喝酒后赶飞机，但一上飞机就睡觉的习惯还是没改，他也没有再对任何一个空姐动心。

> 生活的水面总会恢复平静，
> 之前越汹涌，之后越沉寂。

有一次，李渊依旧一上飞机就戴上了眼罩。中途发餐的时候，一个空姐端着一杯咖啡放到他的面前。"先生，这是给您的咖啡。"

他正纳闷自己没有要咖啡，但想着也不要紧，说 ↳ 同时条件反射地护住了身体。

• 216 •

了声"谢谢",咖啡刚碰到嘴唇,他就一个大哆嗦,差点没从位子上弹出来。"这咖啡怎么这么烫啊?"他朝那个空姐大喊。

空姐很抱歉地靠过来:"先生,这是我们部门主管让我倒的,她说和您是老朋友了。您最喜欢的就是喝很热的咖啡。"空姐指了指坐在角落的那个女人,他转头看过去,文慧正笑得直不起腰来。

恶作剧打平。

后记
爱过的我们

1

在这本书里，已经跟你讲了十二个故事。但是还有很多故事，我没法放在这本书里。我们的记忆有限，我们的爱有限，我们的人生也有限。

书里有十二个故事，每个都很短，它们是从长长的人生里抓出来的，虽然很不情愿。故事里都是：爱过的我们。那句诗是怎么说的来着：这个世界上的爱情本来就很多，平均两个人就有一个。

2

798咖啡厅，我正把一口咖啡送进嘴里，背后桌女生的话传到了我耳朵里。

女生："你不能这样！你这样太自私了！"

女生的声音像刚烘焙出来的面包，我转头看，一个男生正对着我，格子衬衫、牛仔裤，标准的理工男眼睛。

女生背对我，白色衬衣，粉红色裙子，长头发，头上系着一个山茶花的发饰。

男生："我这么做，是我自己的决定，你不用有压力。"

女生："咱们就是网友，之前面都没见过。你从加拿大裸辞回国，告诉我是为了我们，我们？"

男生："你不用马上答应我。"

女生："我一定会答应你吗？"

男生："我就是冲动了。"

我在"脑补"他做决定，打包，辞职，坐长途飞机，回国见她……整个过程，他能有多爽。

女生："但是我不能为你的冲动买单，我有自己的人生啊。"

男生："你来见我了。"

女生："我能不来见你吗？你坐了这么久的飞机，连酒店都还没去，就来找我。"

男生："我饿了。"

女生:"你找到工作了吗?"

男生:"还没有,很久不在国内了,还得适应适应。"

女生:"我没有办法保证我会陪你。"

男生:"你不用保证,我也没有让你保证。"

女生:"走,去吃点东西吧。我保证请你。"

男生:"好……"

我听见有行李箱在地上拖动的声音,转过头去,却最终没有看见女生的正脸。这个城市又多了一个新来的,为情。

我回过神儿来,咖啡厅服务员过来收我的杯子,叹了口气。

我:"怎么?认识这个女孩?"

服务员:"她常来。"

我:"和不同的男的。"

服务员:"每次都不一样,又都一样。"

我:"她漂亮吗?"

服务员:"漂亮。"

我:"这不就完了吗?"

服务员又叹了口气,说:"但是有毒。"

3

他"啪"一下单膝跪地,面对这个交往超过十年,却在一年前因为他不愿结婚而断然和他分手的女孩。男人的手上没有戒指,而是一本房产证,他用自己所有的积蓄买了这个小城市的楼王,他说:"嫁给我吧,我知道这么多年,你一直介意我不愿娶你。这个房产证上,我只写了你的名字,你今天答不答应,这套房子都是你的。"

女孩接过房产证,把它丢在一边,抱住男人,深深地吻了上去。女孩的父母就在旁边,两个老人脸上都笑开了花。

这个时刻,那本掉在地上的房产证上没有任何目光。

4

他说:"如果当初,在那个一瓶酒只要十几块钱的酒吧,我们没有遇见,我也就不会后来每次都要飞三十多个小时到地球的另一边去看你,然后再飞三十多个小时回国,现在还要再花二十一天隔离。"

她说:"是啊,如果你坚定一点,不贪图那几十分钟的疯狂,我们也不会分手。"

5

这些故事,你哭了就是悲剧,你笑了就是笑话。

世界上有那么多人,幸运的是,有爱过的我们。

不是将爱,不是爱着,而是爱过。

不是你们,不是他们,而是我们。

图书在版编目（CIP）数据

在吗 / 韩国辉著 . -- 北京：中国友谊出版公司，2022.2

ISBN 978-7-5057-5384-6

Ⅰ.①在… Ⅱ.①韩… Ⅲ.①故事—作品集—中国—当代 Ⅳ.① I247.81

中国版本图书馆 CIP 数据核字（2021）第 248078 号

书名 在吗
作者 韩国辉
出版 中国友谊出版公司
发行 中国友谊出版公司
经销 新华书店
印刷 雅迪云印（天津）科技有限公司
规格 880×1230 毫米 32 开
　　　7.5 印张 120 千字
版次 2022 年 2 月第 1 版
印次 2022 年 2 月第 1 次印刷
书号 ISBN 978-7-5057-5384-6
定价 52.00 元
地址 北京市朝阳区西坝河南里 17 号楼
邮编 100028
电话 （010）64678009

如发现图书质量问题，可联系调换。质量投诉电话：010-82069336